CHARLES DICKENS

UM CONTO DE NATAL

Tradução de
ADEMILSON FRANCHINI e
CARMEN SEGANFREDO

Ilustrações de
EDUARDO OLIVEIRA

www.lpm.com.br

L&PM POCKET

Coleção **L&PM** POCKET, vol. 339

Texto de acordo com a nova ortografia.

Primeira edição na Coleção **L&PM** POCKET: outubro de 2003
Esta reimpressão: janeiro de 2023

Título original: *A Christmas Carol*

Tradução: Ademilson Franchini e Carmen Seganfredo
Capa: Ivan Pinheiro Machado. *Ilustração*: iStock
Ilustrações: Eduardo Oliveira
Revisão: Caroline Chang, Jó Saldanha, Renato Deitos e Caren Capaverde

ISBN 978-85-254-1243-0

D548h

Dickens, Charles, 1812-1870.
Um conto de Natal / Charles Dickens; tradução de Ademilson Franchini e Carmen Seganfredo; ilustrações de Eduardo Oliveira. – Porto Alegre: L&PM, 2023.
144 p. : il. ; 18 cm. – (Coleção L&PM POCKET; v. 339)

1.Ficção inglesa-romances.2.Ficção juvenil-romances. 3.Oliveira, Eduardo, il. I.Título. II.Série.

CDD J 823 028.5
CDU 820-3 087.5

Catalogação elaborada por Izabel A. Merlo, CRB 10/329.

Rua Comendador Coruja, 314, loja 9 – Floresta – 90.220-180
Porto Alegre – RS – Brasil / Fone: 51.3225.5777

PEDIDOS & DEPTO. COMERCIAL: vendas@lpm.com.br
FALE CONOSCO: info@lpm.com.br
www.lpm.com.br

Impresso no Brasil
Verão de 2023

Charles Dickens
(1812-1870)

Charles Dickens nasceu em 7 de fevereiro de 1812 na cidade de Landport, próximo a Portsmouth, no sudoeste da Inglaterra. Segundo de oito filhos de John Dickens – funcionário burocrata da marinha – e Elizabeth, Charles, aos dez anos, já entrara em contato com autores que influenciariam sua obra (Tobias Smollett, Henry Fielding, Daniel Defoe e Cervantes). Em 1823, a família se mudou para a capital, onde a sra. Dickens decidiu abrir uma escola para moças e pôs os filhos a distribuir folhetos na rua – o primeiro trabalho infantil do futuro autor. Charles recebeu os primeiros anos de instrução formal, mas logo a situação financeira da família se deteriorou. John Dickens foi preso por dívidas; o resto da família, sem ter opção, acompanhou-o no cárcere, à exceção de Charles, que, aos doze anos, passara a trabalhar em um curtume. Após alguns meses, John Dickens foi libertado, e Charles retomou os estudos durante um ano ou dois. As duras experiências da infância – o trabalho, as condições precárias, a negligência dos adultos, o contato com o proletariado – forneceriam os temas fundamentais da sua ficção, que denuncia aspectos sombrios da sociedade vitoriana.

Aos quinze anos Dickens começou como aprendiz em um escritório de advocacia. Aprendeu estenografia e passou a cobrir, como repórter, os debates na Câmara dos Comuns; trabalhou também em vários jornais. Aos 21 anos, em 1833, começou a publicar histórias cômicas em periódicos. Aos 24 tornou-se famoso pela série de textos humorísticos "*The Pickwick Papers*". Em 1836, casou-se com Catherine Hogarth, filha de um editor de jornal, com quem teve dez filhos. No ano seguinte, subiria ao trono a rainha Vitória. Os valores da Era Vitoriana – bondade, vida em família, bonomia, orgulho, honestidade – estariam sempre presentes na obra de Dickens.

Oliver Twist (1837) foi seu primeiro romance; nele o autor não mais meramente entretinha o público, mas também exercia crítica social. Oliver foi o primeiro de uma longa e célebre linhagem de órfãos que marcariam a literatura dickensiana.

Seguem-se *Nicholas Nickleby* (1838), *A velha loja de curiosidades* (1840-1841), *Barnaby Rudge* (1841), *Martin Chuzzlewit* (1843), além das histórias curtas *Um conto de Natal* e *Os sinos* (1843), e *O gafanhoto na Terra* (1845).

Em 1842, Dickens passou a realizar concorridas leituras públicas de seus livros, viajando pela Grã-Bretanha, Europa e até para os Estados Unidos. Entre 1846 e 1848, o jornal *Daily News* (fundado por ele) publicou *Dombey e filho*. Sua literatura se distancia então do picaresco e se aproxima do realismo das obras da maturidade. De 1848 em diante, se envolve com montagens teatrais.

David Copperfield (1849-1850) inaugura a segunda fase da carreira do autor e é o primeiro de seus romances de formação. Mais conhecido de seus livros, atingiu um sucesso extraordinário. Outro festejado romance do autor, *Casa soturna* (1852-1853), critica o sistema jurídico inglês e evidencia um pessimismo crescente. *Tempos difíceis* (1854) coloca em primeiro plano os problemas da Inglaterra industrial e vitoriana, e *Little Dorrit* (1855-1857) mostra um protagonista que vive em uma prisão onde o pai está preso por dívidas. Em 1857, Dickens se envolve com uma jovem atriz, Ellen Ternam; no ano seguinte, separa-se da esposa.

História de duas cidades (1859), romance histórico sobre o período da Revolução Francesa, sai em *All the Year Round*, também fundado pelo autor. *Grandes esperanças* (1860-1861), como *David Copperfield*, segue a forma biográfica, acompanhando o protagonista do nascimento à morte. Entre 1864-1865, é publicado *Our Mutual Friend*, seu 14º romance. Dickens faleceu em 9 de junho de 1870, aos 58 anos. Sua fama e a de seus personagens já havia alcançado o mundo; sua morte comoveu multidões. Foi enterrado na Abadia de Westminster, entre Shakespeare e Fielding. *O mistério de Edwin Wood*, cuja publicação fora iniciada em 1870, permaneceu inacabado.

Livros do autor na Coleção **L&PM** POCKET:

Histórias de fantasmas
Um conto de Natal

Introdução

Um conto de Natal (*A Christmas Carol*), do britânico Charles Dickens (1812-1870), está, certamente, entre as histórias mais difundidas da literatura ocidental. O enredo nos traz a figura de Scrooge, um rabugento homem de negócios de Londres, sovina e solitário, que não demonstra um pingo de bons sentimentos e compaixão para com os outros. Não deixa que ninguém rompa sua carapaça e preocupa-se apenas com seus lucros. No frio natalino, ele é visitado pelo fantasma de Marley, seu sócio, morto há algum tempo. Esta visita muda a sua vida. A história foi escrita entre outubro e novembro de 1843, para ser publicada em capítulos de jornal, com ilustrações de John Leech, em dezembro do mesmo ano. O enredo é familiar a todos: foi filmado várias vezes, televisionado, adaptado para o teatro, para crianças, transformado em desenho animado e até em histórias em quadrinhos. Até mesmo a figura de Scrooge teve descendentes, já que o nome original do Tio Patinhas, personagem de Walt Disney, é *Uncle Scrooge*.

Se a história das aventuras natalinas de Scrooge é a mais conhecida de Dickens, também é verdade que o escritor figura entre os romancistas mais conhecidos no mundo inteiro, e que, na história da literatura ocidental, poucos autores gozaram em vida de tanto prestígio entre seus leitores, seus conterrâneos e seus contemporâneos quanto ele.

Charles Dickens nasceu no período de regência georgiana, mas foi do período vitoriano (1837-1901) que se tornou a mais alta e popular figura cultural. Em uma Inglaterra militarmente forte, politicamente avançada e comercialmente potente, os reflexos da Revolução Industrial penetravam no dia a dia das pessoas. Fábricas e manufaturas eram incrementadas, assim como as exportações britânicas; a distância entre o interior e a capital diminuía, graças às ferrovias que passaram a interligar o país; leis de livre-comércio incentivavam o capitalismo nascente; a taxa de analfabetismo era cada vez mais baixa, e as pessoas consumiam os inúmeros jornais que eram, afinal de contas, o principal e único meio de comunicação de massa em um mundo que ainda não conhecia nem a televisão e nem o rádio, e no qual a fotografia recém dava os primeiros passos.

A curiosidade por notícias a respeito de um mundo que se tornava cada vez mais rápido certamente atraía os leitores para os diversos tipos de publicações jornalísticas existentes, mas o crescimento da imprensa nessa época não se deve apenas a isto: o folhetim (formato no qual foi originalmente publicado *Um conto de Natal*) teve papel fundamental na fixação deste hábito de leitura. O livro era um artigo de luxo, que apenas cidadãos ricos podiam adquirir. Mas o jornal era barato e trazia sempre um romance-folhetim (uma história publicada em capítulos – geralmente semanais ou mensais – e às vezes ilustrada por desenhos). Antes, falava-se sobre a vida de vizinhos ou de visitantes de pequenas cidades; aos poucos as cidades foram crescendo e se foi dando preferência por falar sobre os personagens folhetinescos e especular sobre o destino destes. E os personagens dos folhetins de Dickens eram os preferidos entre os ingleses.

Para serem viáveis economicamente, os jornais precisavam vender muito, e uma maneira de manter a vendagem alta era, em cada número, oferecer ao público um capítulo de uma história apetitosa, com muitos acontecimentos, reviravoltas de enredo, casos de amor ou mistério, atiçando sempre a curiosidade do leitor. Dickens tornou-se um mestre em compor enredos tão bons e bem-escritos, tão repletos de personagens vivos e significativos dentro da realidade vitoriana que prolongavam-se por meses, às vezes anos, em capítulos que, reunidos em formato de livro, chegam a 600, 800 páginas.

A literatura de Dickens com certeza só obteve êxito na sua época porque bancários, banqueiros, funcionários e donos de fábricas, magistrados, homens de negócio e donas de casa, todos gostavam do modo como o escritor mostrava o mundo. Dickens celebrava, é certo, as maravilhas do mundo moderno e do capitalismo nascente, das quais ele mesmo usufruiu (pois, nascido em uma família miserável, galgou a carreira jornalística até tornar-se um rico romancista, coisa só permitida pela elasticidade social moderna), mas nunca deixou de apontar as chagas deste mesmo mundo.

Colocou-se sempre ao lado dos velhos, dos órfãos desamparados, das crianças desumanamente empregadas na indústria, dos pais de família desempregados. Percebeu o susto da família vitoriana com a realidade de uma Inglaterra possante, sim, mas também mutante, antes mesmo que ela o fizesse. Em sua literatura, lamentou sobre a simplicidade e a inocência perdidas e, de modo engajado e edificante – na melhor acepção do termo –, tentou trazer à tona os melhores sentimentos das pessoas, sem nunca deixar de lado o entretenimento.

São estes conflitos modernos da vida real, de perda de valores ancestrais e familiares, de degradação dos laços sociais, que Dickens resolve na literatura e, especificamente, em *Um conto de Natal*, mas sem jamais manchar, ofender ou criticar abertamente as instituições vitorianas. Tanto foi assim que famílias inteiras reuniam-se ao redor da mesa de jantar para acompanhar as peripécias dos personagens, cada vez que um periódico trazia um novo capítulo. Toda a obra de Dickens é um exercício de equilíbrio, realizado dentro dos estreitos limites da denúncia social e do otimismo e moralismo vitorianos (como apontar falhas na organização social do país mais rico e poderoso de então?). Dickens esteve entre os primeiros a detectar os males da sociedade moderna, ainda mais partindo do coração da poderosa Inglaterra vitoriana, e Scrooge, com sua ganância pelo lucro, é o seu símbolo maior para toda a crueldade do capitalismo selvagem. Deste modo, onde ainda houver sentimentos de solidariedade para com os excluídos, amor às reuniões familiares, vontade de congregação entre as pessoas e estranheza frente às frias relações de comércio e trabalho, *Um conto de Natal* continuará atual.

UM CONTO DE NATAL

Sumário

Capítulo I

O fantasma de Marley

Para começar a história, Marley estava morto. Não havia a menor dúvida quanto a isso. O atestado foi assinado pelo escrivão, pelo sacerdote, pelo agente funerário e pelo encarregado do enterro. Scrooge também assinou, e sua assinatura era sempre bem-vinda, tanto na Bolsa quanto em qualquer outro lugar.

Sim, o velho Marley estava tão morto quanto uma pedra.

Veja bem: não quero dizer com isso que eu saiba, por experiência própria, como é estar morto como uma pedra. Na verdade, se tivesse de fazer uma comparação, acho que não há nada mais morto do que a lápide de um túmulo. Quem inventou esta antiga expressão foram os nossos sábios antepassados, e não serei eu quem vai querer mudá-la, senão, daqui a pouco, tudo estará de pernas para o ar. Deixe-me, portanto, repetir com toda ênfase: Marley estava tão morto quanto uma pedra.

Scrooge sabia que ele estava morto? Claro que sabia. Como não iria saber? Scrooge e ele foram sócios por não sei quantos anos. Scrooge era seu único testamenteiro, além de ser também seu único administrador, procurador, herdeiro, amigo e o único que chorou a sua morte. Apesar disso, não ficou tão abalado a ponto de esquecer que era um homem de negócios e, assim, fechou um belo negócio ainda no dia do funeral, tornando essa data inesquecível.

Por falar no enterro de Marley, volto ao começo. Não há dúvida alguma de que Marley estava morto. Isso precisa ficar bem claro, ou nada de espantoso sairá desta história. Se antes do início da peça não estivéssemos totalmente convencidos de que o pai de Hamlet estava morto, não haveria nada de estranho no fato de ele estar passeando à noite, sob o vento leste, no alto de uma das torres de seu castelo, como qualquer senhor de meia-idade faz quando sai à noitinha para tomar um pouco de ar fresco em um lugar qualquer onde sopre uma brisa agradável – como no cemitério da catedral de Saint Paul, por exemplo. Isso dificilmente provocaria o menor espanto à cabeça fraca de seu filho.

Scrooge nunca mandou apagar de seu escritório o nome do antigo sócio. E lá estava ele, anos depois, gravado sobre a porta da firma: Scrooge & Marley. A firma era conhecida como Scrooge & Marley. Às vezes, os novatos chamavam Scrooge de Scrooge e, outras vezes, de Marley, mas ele atendia sempre, pois dava tudo no mesmo.

Scrooge era um tremendo pão-duro! Um velho sovina, avarento, mesquinho, unha de fome e ganancioso! Duro e áspero como uma pedra de amolar, não era possível arrancar dele a menor faísca de generosidade. Era solitário e fechado como uma

ostra. A sua frieza congelou o seu rosto e encompridou ainda mais o seu nariz pontudo, murchou suas bochechas e endureceu seu caminhar; deixou seus olhos vermelhos, azulou seus lábios finos e tornou ferino o tom de sua áspera voz. Uma camada de gelo cobria sua cabeça, suas sobrancelhas e seu queixo áspero. Onde ia, levava consigo sua frieza, que gelava o escritório nos dias mais quentes do ano e não degelava nem um grau no Natal.

O frio e o calor tinham pouca influência sobre Scrooge. Calor algum podia aquecê-lo e nem o vento de inverno esfriá-lo. Nenhum vento que soprasse era mais áspero que ele, nenhuma neve que caísse era mais insistente e determinada em seus propósitos e nenhum temporal podia ser mais desagradável. O tempo ruim não o impressionava. A chuva, a neve e o granizo só tinham uma vantagem sobre ele: caíam com graça, e Scrooge não tinha graça alguma.

Ninguém jamais o parou na rua para perguntar-lhe:

– Como vai, meu bom amigo? Quando aparece lá em casa?

Nenhum mendigo lhe pedia um xelim, nenhuma criança se aproximava para lhe perguntar as horas, nenhum homem ou mulher lhe solicitou, uma única vez, informação sobre qualquer coisa. Até os cachorros dos cegos pareciam conhecê-lo e, quando ele se aproximava, arrastavam seus donos para dentro do primeiro portão ou pátio que aparecia, sacudindo o rabo, como se dissessem:

– Meu caro patrão, é melhor não ter olhos do que ter olhos maus.

Mas Scrooge não estava nem aí! Ele até preferia que fosse assim; o que ele mais gostava neste mundo era passar através da multidão sem precisar demonstrar qualquer simpatia humana.

Certa vez – como fazia todos os dias, só que esse dia era véspera de Natal –, o velho Scrooge estava trabalhando em seu escritório, todo atarefado. Era um dia frio, triste e enevoado. Dava para ouvir as pessoas lá fora no beco, andando pra lá e pra cá, batendo com as mãos no peito e sapateando com força no calçamento para se aquecer. Os relógios da cidade recém haviam batido as três horas, mas já estava tudo completamente escuro. Aliás, o dia todo não havia sido muito claro. Dentro das janelas dos escritórios vizinhos brilhavam velas como manchas avermelhadas em um ar denso e marrom. A neblina infiltrava-se por todas as frestas e buracos de fechadura, e era tão espessa lá fora que, apesar do beco ser estreito, as casas do outro lado pareciam fantasmas. Ao ver aquela nuvem pesada baixando e escurecendo tudo, qualquer um pensaria que a Natureza morava ali por perto, fabricava cerveja sem parar e soltava todo aquele vapor.

A porta do escritório de Scrooge estava aberta, para que ele pudesse controlar o empregado que logo adiante copiava cartas em um minúsculo cubículo, uma espécie de poço.

Na sala de Scrooge havia um foguinho aceso, mas o do seu empregado era tão minúsculo que parecia feito de um único carvão. Entretanto, ele não podia reavivar este fogo porque Scrooge guardava a caixa de carvão em seu escritório e já tinha avisado que, se ele ousasse entrar lá com a pá, seria imediatamente demitido. Assim, o escrevente dava mais uma volta no cachecol branco e tentava aquecer-se na chama da vela, objetivo que jamais alcançava.

– Feliz Natal, titio! Que Deus o abençoe! – exclamou a voz alegre do sobrinho de Scrooge, tão repentinamente que parecia até ter chegado antes de seu dono.

– Bah! – disse Scrooge. – Que bobagem!

O jovem estava tão afogueado pela rápida caminhada em meio ao nevoeiro e à neve, que todo ele brilhava. Seu rosto estava em brasa, seus olhos cintilavam e seu hálito soltava um vapor.

– Bobagem o Natal, titio? – disse o sobrinho. – O senhor está brincando?

– Claro que não! – replicou Scrooge. – Que motivos você tem para estar feliz, sendo pobre desse jeito?

– Se for por isso, que motivos tem o senhor para estar tão mal-humorado, que razões para estar tão ranzinza, sendo rico desse jeito? – respondeu o sobrinho, alegremente.

Scrooge, sem encontrar resposta melhor, disse apenas:

– Ora! Que bobagem!

– Calma, titio, não se irrite por tão pouco.

– E como posso não me irritar, em um mundo cheio de imbecis? – exclamou o tio. – Ora, Feliz Natal! Basta de Feliz Natal! O que é o Natal para você, senão a época de não ter dinheiro para pagar sequer suas contas? A época de se dar conta de que está um ano mais velho e nem uma hora mais rico; o momento para fazer um balanço nos livros de contabilidade e ver que cada item, nestes doze últimos meses, só lhe trouxe prejuízo? Por mim – continuou Scrooge, indignado –, cada idiota que saísse por aí desejando Feliz Natal deveria ser fervido, misturado junto com seu bolo de Natal e enterrado com um galho de pinheirinho no coração, isso sim!

– Titio...! – suplicou o sobrinho.

– Meu sobrinho! – respondeu o tio, acidamente. – Passe o Natal como bem entender e deixe que eu passe o meu à minha maneira.

– Como, à sua maneira? O senhor não o passa de maneira alguma!

– Então me deixe em paz e tire dele um bom proveito. O mesmo proveito que sempre tirou! – disse Scrooge.

– Muitas coisas boas me aconteceram sem que eu tirasse proveito algum, e o Natal é uma delas – replicou o sobrinho. – Apesar de ser uma festa sagrada, não a vejo somente assim, mas também como uma época muito agradável: uma época de gentileza, perdão, caridade e alegria. A única que eu conheço, no longo calendário do ano, na qual homens e mulheres parecem abrir de boa vontade seus corações fechados e pensar nas pessoas mais pobres como seus legítimos companheiros na viagem para o túmulo, e não como uma raça estranha, viajando para um outro lugar. Por isso, titio, embora o Natal nunca tenha colocado uma moeda de ouro ou de prata no meu bolso, ainda acho que ele me fez – e fará, ainda – muito bem. E que Deus o abençoe!

O empregado, sem se dar conta, aplaudiu lá do seu cubículo. Percebendo imediatamente a gafe, começou a mexer no fogo – e acabou apagando o resto da chama que lhe aquecia.

– Se eu escutar mais um pio, você irá festejar o Natal no olho da rua! – xingou Scrooge. Depois virou-se para o sobrinho e acrescentou – Você é realmente um orador extraordinário; por que não se candidata ao Parlamento?

– Não se zangue, titio, deixe disso! Vamos, venha cear conosco, amanhã.

Scrooge disse que preferia mesmo era ir para o... Sim, é isso mesmo. Pronunciou a frase toda e disse que preferia ir para o inferno, do que ir cear com eles.

– Mas por quê? – insistiu o sobrinho.

– Por que você se casou, afinal? – foi a resposta de Scrooge.

– Porque me apaixonei.

– Porque se apaixonou! – resmungou Scrooge, como se essa fosse a única coisa do mundo ainda mais ridícula do que um Feliz Natal. – Tenha um bom dia!

– Um momento, titio! Você nunca me visitou antes de meu casamento. Por que agora usa isso como desculpa para não vir?

– Tenha um bom dia! – repetiu Scrooge.

– Não quero nada que é seu, não estou lhe pedindo nada. Por que não podemos ser amigos?

– Tenha um bom dia!

– Sinto muito, do fundo do coração, pela sua teimosia. Nunca nos desentendemos, ao menos por minha culpa. Tentei uma aproximação por causa do Natal e por isso pretendo manter até o final o meu bom humor natalino. Então, feliz Natal, titio!

– Tenha um bom dia!

– E feliz Ano-Novo!

– Tenha um bom dia!

Apesar de tudo, o sobrinho saiu do escritório sem uma palavra de raiva. Parou na porta da rua para desejar boas-festas ao empregado, o qual, embora estivesse enregelado, foi mais caloroso que Scrooge, retribuindo cordialmente os votos.

– É outro maluco...! – resmungou Scrooge, que tinha ouvido a conversa dos dois. – Ganhando quinze xelins por semana, com mulher e filhos para sustentar, ainda vem falar em feliz Natal... Vou acabar em um hospício!

O maluco de quem ele falara, ao abrir a porta para o sobrinho de Scrooge sair, tinha deixado entrar outras duas pessoas. Eram dois cavalheiros de boa aparência que, agora, aguardavam em pé no escritório de Scrooge, com as pastas e os chapéus na mão. Eles seguravam livros e papéis e cumprimentaram-no com a cabeça.

– Scrooge & Marley, presumo – disse um deles,

consultando sua lista. – Tenho o prazer de falar com o senhor Scrooge ou com o senhor Marley?

– Marley morreu há sete anos – respondeu Scrooge. – Esta noite estão fazendo exatos sete anos da sua morte.

– Sim, mas estamos certos de que a generosidade da firma permanece representada pelo seu único sócio sobrevivente – disse o cavalheiro, entregando seu cartão de apresentação.

Ao ouvir a ameaçadora palavra "generosidade", Scrooge amarrou a cara, balançou a cabeça e devolveu o cartão de apresentação ao homem.

– Nesta época de festas, senhor Scrooge – disse um dos cavalheiros, pegando uma caneta –, torna-se ainda mais urgente que façamos doações aos necessitados, os quais têm sofrido muito ultimamente. Milhares de pessoas não têm como satisfazer suas necessidades mínimas, e outras centenas de milhares vivem sem o menor conforto.

– Mas não há prisões?

– Sim, muitas – disse o cavalheiro, largando a caneta.

– E as casas de trabalho forçado? – perguntou Scrooge. – Ainda estão funcionando?

– Infelizmente estão – confirmou o homem. – Quem dera pudesse dizer o contrário.

– As leis dos trabalhos forçados e contra os mendigos ainda estão em vigor?

– A pleno vapor, senhor.

– Ah, levei um susto! Pelo jeito que o senhor falou eu pensei que tivesse acontecido alguma coisa capaz de impedir o funcionamento dessas instituições tão úteis. Fico feliz em saber que estão bem.

– Estamos tentando recolher fundos para dar algo de comer e beber para os pobres, e o mínimo para que possam se aquecer, porque estamos convencidos de que essas instituições têm muito pouco a dar para aliviar as necessidades da mente e do corpo dessa gente – respondeu o cavalheiro. – Escolhemos esta época do ano porque, entre todas, é aquela na qual a Necessidade mais se faz sentir duramente e a Abundância tem mais prazer em dividir. Qual será a sua contribuição? Que quantia posso colocar em seu nome?

– Nenhuma.

– Prefere que o seu nome não apareça?

– Prefiro que me deixem em paz – falou Scrooge. – Já que os senhores querem saber o que penso, eis minha resposta. Não festejo o Natal e não me dou ao luxo de alegrar vagabundos. Contribuo para o sustento das instituições de que falei antes, e isto é o bastante. Quem estiver passando necessidade, que procure por elas.

– Muitos não podem fazer isso, e outros preferem a morte.

– Que morram, então – disse Scrooge. – Ajudarão, ao menos, a evitar o excesso da população. E além do mais, desculpem, mas estou me lixando para tudo isso.

– Pois não deveria – observou o cavalheiro.

– Isso não é da minha conta. Já é mais do que o suficiente que um homem se ocupe de seus próprios negócios, sem atrapalhar os dos outros. Os meus ocupam todo o meu tempo. Boa-tarde, senhores!

Os dois cavalheiros, percebendo que seria inútil insistir, retiraram-se. Scrooge retomou seu trabalho ainda mais satisfeito consigo mesmo e com um humor melhor do que nunca.

Enquanto isso, a neblina e a escuridão tinham ficado tão densas que algumas pessoas surgiram com tochas, oferecendo-se para mostrar o caminho a quem estava a cavalo ou em carruagens. A antiga torre de uma igreja, cujo velho sino espiava disfarçadamente para Scrooge do alto de uma janela gótica, ficou invisível e deu as horas dentro das nuvens, com vibrações trêmulas, como se lá no alto a sua cabeça gelada estivesse batendo os dentes. O frio aumentava. Na esquina da rua principal, alguns operários que estavam consertando a tubulação de gás acenderam um grande fogo em um fogareiro, e logo se reuniu uma pequena multidão de homens e rapazes maltrapilhos em volta dele, esquentando as mãos e piscando os olhos, deliciados. Na fonte pública abandonada, uma gota prestes a pingar congelou-se e virou um pedaço solitário de gelo. O brilho das lojas iluminadas, com as vitrines decoradas com ramos de pinheiro e cerejinhas, avermelhava os rostos pálidos dos que passavam. As mercearias pareciam uma verdadeira festa, e era impossível acreditar que coisas tão fúteis quanto a compra, a venda e a pechincha tivessem alguma coisa a ver com elas. O prefeito, em sua poderosa prefeitura, dava ordens a seus cinquenta cozinheiros e empregados, para garantir que o Natal fosse comemorado com toda a fartura que merecia a casa oficial. E até o alfaiate, que havia sido multado por andar bêbado pelas ruas, preparava a massa para o bolo de Natal em sua pequena casa, enquanto sua esposa magrela saía com o filhinho para comprar carne.

E cada vez mais névoa e frio! Um frio cortante, agudo, penetrante! Se o bom São Dunstan, padroeiro dos ferreiros, tivesse salpicado o nariz do diabo com um pouco desse clima, em vez de usar suas armas habituais, aí sim o satã urraria com toda sua força.

O dono de um minúsculo e jovem nariz, corroído pelo esfomeado frio como um osso roído por um cão, parou na porta de Scrooge para alegrá-lo com um canto de Natal. Mas assim que ouviu os primeiros sons:

Deus o abençoe, feliz cavalheiro!
Que nada o faça desesperar!

Scrooge agarrou a régua com tanta raiva que o garoto fugiu apavorado, deixando a porta entregue à neblina e ao frio, bem mais acolhedores que o dono da casa.

Finalmente a hora de fechar o escritório soou. De má vontade, Scrooge desceu de seu alto tamborete e avisou o ansioso escrevente em seu cubículo, que tratou logo de soprar a vela e botar o chapéu na cabeça.

– Suponho que vá querer tirar uma folga amanhã, não é? – perguntou Scrooge.

– Se não for incomôdo...

– É incômodo e injusto – disse Scrooge. – Se eu quisesse descontar este dia do seu salário, você acharia errado, não é?

O empregado sorriu amarelo.

– Mas acha certo que eu lhe pague um dia de salário sem que você trabalhe – continuou Scrooge.

O empregado disse que isso acontecia somente uma vez por ano.

– Uma desculpa muito esfarrapada para meter a mão no bolso de um homem a cada 25 de dezembro! – exclamou Scrooge, abotoando o casacão até o queixo. – Mas não tem solução! Então trate de chegar bem cedo na manhã seguinte!

O empregado prometeu e Scrooge saiu para a rua, resmungando. Em um minuto o escritório estava fechado, e o empregado, com as longas pontas do cachecol branco que lhe iam até a cintura (pois não podia se dar ao luxo de ter um casacão), comemorou a véspera de Natal deslizando vinte vezes num escorregador, em um parque, antes de ir correndo para casa brincar de cabra-cega.

Scrooge comeu o seu triste jantar na não menos triste taberna de sempre e, depois de ler todos os jornais e examinar a sua conta bancária, foi para casa dormir. Ele morava em um lugar que tinha pertencido ao seu falecido sócio, uma série de quartos sombrios num prédio muito estranho, esquecido no fundo de um pátio. Não se podia deixar de imaginar que o prédio havia corrido para lá quando era um prédio-criança, brincando de esconde-esconde com os outros, e acabou esquecendo o caminho de volta, ficando lá para sempre. Agora estava velho e assustador, pois afora Scrooge, ninguém mais morava lá, e as outras peças serviam de escritório. O pátio estava tão escuro que até mesmo Scrooge, que conhecia cada pedra dele, se viu obrigado a tatear para achar o caminho. A bruma e o gelo se acumulavam de tal jeito sobre o

velho e negro portão do prédio, que parecia que o Gênio das Estações tinha sentado na soleira da porta para ali fazer alguma fúnebre meditação.

A tranca da porta do prédio era muito grande. Scrooge a via todos os dias, de manhã e à noite, desde que tinha se mudado para lá. Ele era um homem totalmente sem imaginação, como qualquer homem do centro financeiro de Londres, incluindo-se aqui os membros da municipalidade, os assessores e os criados, o que não é pouca coisa. Naquele dia, ele lembrou de Marley uma só vez, quando disse aos visitantes que o sócio tinha morrido há sete anos. Por isso, achou estranho, ao colocar a chave na fechadura, ter visto na tranca, sem que ela tivesse passado por qualquer mudança nesse meio-tempo, não uma tranca, mas o rosto de Marley.

Sim, o rosto de Marley. Ele não estava na escuridão, como os outros objetos no pátio, mas iluminado por uma luz fraca, e chamava a atenção como uma lagosta estragada em uma despensa escura. Não estava irritado nem colérico, mas olhava para Scrooge do jeito que Marley costumava olhar, com uns óculos fantasmagóricos levantados sobre uma fantasmagórica testa. Os cabelos se moviam de uma maneira estranha, como se uma brisa ou uma baforada de ar quente soprasse neles, e os olhos, embora estivessem arregalados, não se mexiam. Tudo isso e mais a sua cor pálida o tornavam assustador. Mas o horror parecia não ter nada a ver com o rosto, agindo por conta própria e sem fazer parte de sua expressão.

Scrooge viu tudo isso e a tranca voltou ao normal.

Seria mentira dizer que ele não se abalou, que não se deu conta de que, desde a infância, não tinha uma sensação tão estranha. Mesmo assim, pôs a mão na chave novamente, girou-a com decisão, entrou e acendeu a vela.

Na verdade, chegou a parar, em um momento de indecisão, antes de fechar a porta, e deu uma olhada atrás dela, quase esperando ser aterrorizado pela visão de Marley. Porém não havia nada atrás da porta, só os parafusos e as porcas que prendiam a tranca. Então ele gritou "Xô! Xô!" e fechou a porta com um estrondo.

O som ecoou pela casa como um trovão. Cada quarto do andar de cima e cada barril da adega, no porão, pareciam ter uma série de ecos particulares e isolados. Mas Scrooge não era homem de se assustar com ecos. Trancou a porta, atravessou o corredor e subiu a escada lentamente, segurando a vela.

A escada era tão larga que daria para carregar um caixão no sentido da largura, com a cabeça apontando para a parede e os pés para o corrimão, e ainda sobrava espaço. Talvez tenha sido por isso que, na semiescuridão, pareceu a Scrooge que um carro fúnebre subia na sua frente. Meia dúzia de lampiões de gás na rua não eram suficientes para iluminar bem a entrada, e por aí se vê como era grande a escuridão daquele lugar.

Mas Scrooge não ligou a mínima e continuou a subir. A escuridão era de graça, e Scrooge gostava disso. Antes de fechar a pesada porta, deu uma olhada em todas as peças para ver se estava tudo em ordem. A imagem do rosto ainda estava bem viva na sua memória, por isso fez uma boa vistoria.

Sala de estar, quarto de dormir, despensa, tudo em ordem. Ninguém debaixo da mesa ou do sofá. Uma chama fraca na lareira. Colher e prato à mão. Uma panela de sopa de aveia (Scrooge estava com um princípio de resfriado) estava sobre o fogão. Ninguém debaixo da cama, ninguém no armário, ninguém no camisolão pendurado em uma atitude suspeita contra a parede. Tudo certo no depósito de lenha, como sempre. A grade enferrujada da lareira, um velho par de sapatos, dois cestos de pesca, uma bacia em um tripé e um atiçador de brasas.

Satisfeito, fechou a porta e trancou-a com tranca dupla, coisa que não costumava fazer. Prevenido contra qualquer surpresa, tirou a gravata, vestiu o chambre, calçou os chinelos e sentou-se para tomar a sua sopa em frente ao fogo.

Era realmente um fogo fraco demais para uma noite fria como aquela. Foi preciso se sentar bem perto, inclinar-se sobre ele, para poder tirar daquele punhadinho de brasas alguma sensação de calor. A lareira era antiga, construída há muito tempo por algum mercador holandês, toda enfeitada de azulejos e ilustrada com cenas da Bíblia. Havia diversas imagens de Caim e Abel, as filhas do Faraó, a rainha de Sabá, anjos mensageiros descendo dos céus em nuvens que pareciam feitas com plumas de colchão, Abraãos, Baltazares, apóstolos saindo para o mar em pequenos barcos, centenas de figuras para distraí-lo. E, no entanto, o rosto de Marley, morto há sete anos, surgia do nada, como o cajado do antigo profeta, eliminando todo o resto. Se cada azulejo fosse liso e branco, e neles pudessem se formar as imagens desconjuntadas dos pensamentos de Scrooge, haveria em cada um uma cópia da cabeça do velho Marley.

– Que bobagem! – exclamou Scrooge, dando voltas pelo quarto.

Depois de andar de lá para cá por algum tempo, sentou-se de novo. Quando apoiou a cabeça na poltrona, seus olhos viram casualmente uma velha campainha fora de uso que ficava pendurada no quarto para se comunicar, por alguma razão que agora não lembrava, com alguma peça no andar de cima. Foi com grande espanto e com um estranho e inexplicável terror que Scrooge percebeu que a campainha começou a se agitar. A princípio tocou tão leve que mal se podia ouvir, mas, de repente, começou a tocar com toda a força, junto com as outras campainhas da casa.

Isso pode ter durado meio minuto, mas pareceu ter sido uma hora. As campainhas pararam do mesmo modo como haviam começado: todas ao mesmo tempo. Em seguida, ouviu-se um ruído áspero vindo do andar de baixo, como se alguém estivesse arrastando uma pesada corrente sobre os barris da adega do comerciante de vinhos, no porão. Scrooge se lembrou de ter ouvido falar que fantasmas em casas mal-assombradas costumam arrastar correntes.

Então a porta da adega se abriu com um ruído muito forte, e Scrooge escutou ruídos cada vez mais altos no andar de baixo; eles subiam pelas escadas e vinham em direção à porta.

– Mais bobagens! – disse Scrooge. – Não vou acreditar nisso.

Mas ele mudou de cor quando o barulho passou através da pesada porta e entrou na peça, bem diante de seus olhos. No mesmo instante, a chama quase apagada se acendeu, como se quisesse gritar: "Eu o conheço, é o fantasma de Marley!", e voltou a se apagar.

Era o mesmo rosto; exatamente o mesmo. Marley, com seu cabelo preso em um rabicho, o mesmo colete, as mesmas calças justas e as botas de sempre. As borlas das roupas, o rabicho, as abas do casaco e os cabelos no alto de sua cabeça estavam todos arrepiados. A longa corrente que arrastava estava presa à sua cintura e se enrolava atrás dele como uma cauda. Vendo-a mais de perto, Scrooge percebeu que era feita de cofrinhos, chaves, cadeados, livros contábeis, escrituras e bolsas pesadas, tudo de ferro. O corpo de Marley era transparente, e Scrooge podia ver através do colete os dois botões nas costas do seu casaco.

Várias vezes Scrooge tinha ouvido dizer que seu sócio era um homem sem entranhas, mas até aquele momento não acreditara nisso.

E tampouco podia acreditar agora. Embora visse o Fantasma de Marley na sua frente; embora sentisse a influência enregelante de seus olhos, frios como a morte, e reparasse até mesmo na grossura do lenço amarrado em torno de seu queixo e de sua cabeça, que não havia reparado antes, ainda assim não acreditava e lutava contra aquilo que os seus próprios olhos mostravam.

– Então! – disse Scrooge, frio e mordaz como sempre. – O que quer de mim?

– Muita coisa – respondeu a voz, que era, sem dúvida nenhuma, de Marley.

– Quem é você?

– Pergunte quem eu *era*.

– Que seja: quem *era* você, então? – perguntou Scrooge, erguendo a voz. – Você é estranho demais para um simples fantasma.

– Em vida, fui seu sócio Jacob Marley.

– Você pode... quer dizer, consegue se sentar? – perguntou Scrooge, com um olhar cheio de dúvidas.

– Sim, posso.

– Sente-se, então.

Scrooge fez a pergunta pois não sabia se um fantasma tão transparente teria condições de sentar-se em uma cadeira, e caso isso fosse impossível, poderia ocorrer a necessidade de uma explicação embaraçosa. Mas o Fantasma sentou-se do outro lado da lareira, como se estivesse habituado a fazer isso.

– Você não acredita em mim – observou o Fantasma.

– Claro que não.

– E que provas deseja de que eu existo, além daquelas que os seus olhos e ouvidos já lhe deram?

– Não sei.

– Por que duvida de seus sentidos?

– Porque qualquer coisinha os afeta. Uma ligeira indisposição do estômago pode enganá-los. Você pode ser a consequência de um pedaço de bife mal digerido, um grão de mostarda, um naco de queijo ou um pedaço meio cru de batata.

Scrooge não tinha o hábito de fazer piadas e, do fundo do seu coração, naquele momento, não estava com nenhuma vontade de fazer graça. A verdade é que ele tentava ser engraçado para distrair a sua própria atenção e diminuir seu terror, já que a voz do Fantasma o apavorava até a medula dos ossos.

Scrooge sentia que ficar ali sentado em silêncio, por alguns momentos, olhando para aqueles olhos fixos e imóveis, lhe daria nos nervos. Além disso, havia algo de horrendo envolvendo o espírito, que tornava infernal a atmosfera ao seu redor. Scrooge não podia sentir isso, mas claramente era o que ocorria, porque o Fantasma estava completamente imóvel, porém seus cabelos e suas roupas se agitavam como se estivesse soprando o vapor quente de um forno sobre eles.

– Está vendo este palito? – perguntou Scrooge, tentando novamente desviar de si, ao menos por um instante, o olhar petrificado da aparição.

– Estou – respondeu o espírito.

– Você não está olhando para ele – disse Scrooge.

– Não importa – respondeu o Fantasma. – Mesmo assim, estou vendo.

– Basta! – disse Scrooge. – Não vou engolir isso,

nem passar o resto da minha vida sendo perseguido por uma legião de diabinhos que eu mesmo criei. Bobagens! Tudo não passa de uma grande bobagem!

O Fantasma, em resposta, deu um grito tão assustador e sacudiu as correntes com um som tão apavorante, que Scrooge se agarrou com todas as forças à cadeira para não cair desmaiado. Seu horror aumentou ainda mais quando o Fantasma retirou a atadura em volta do queixo, como se estivesse quente demais para usá-la ali dentro, fazendo com que seu maxilar inferior caísse até o peito.

Scrooge caiu de joelhos e exclamou, cobrindo o rosto com as mãos:

– Piedade! Por que veio me atormentar, cruel aparição?

– Homem de imaginação limitada – disse o espírito –, acredita agora em mim?

– Sim, sim, acredito! – exclamou Scrooge. – Como não acreditaria? Mas por que os espíritos estão andando pela Terra? E por que vêm me visitar?

– Exige-se de todo homem que o espírito dentro dele visite os seus semelhantes, viajando a lugares distantes. Mas se ele não fizer isso enquanto estiver vivo, terá de fazer depois da morte. É obrigado – pobre dele! – a vagar pelo mundo e a ver acontecimentos dos quais não pode mais participar, mas deveria ter participado quando ainda estava na Terra, transformando-os em felicidade!

O Espírito deu outro grito pavoroso, sacudiu novamente a corrente e torceu suas mãos fantasmagóricas.

– Você está acorrentado – disse Scrooge, tremendo. – Diga-me por quê.

– Carrego a corrente que fiz em vida – respondeu o Fantasma. – Fiz cada um destes elos, metro por metro, e enrolei-os em volta da cintura, por minha livre vontade, e por livre vontade arrasto-os por toda a parte. Olhe para esta corrente, não se parece com alguma que você conhece?

Scrooge tremia cada vez mais.

– Ou você saberia o peso e o comprimento da corrente que você mesmo carrega? Há sete Natais, ela era tão pesada e comprida como esta. Desde então você tem feito de tudo para aumentá-la, e agora ela está pesadíssima!

Scrooge olhou ao redor, por toda a peça, esperando se ver rodeado por uma imensa corrente de ferro. Mas não conseguiu ver coisa alguma.

– Jacob! – disse ele, implorando. – Velho Jacob Marley, me conte mais. Dê uma palavra de consolo à minha pobre alma, Jacob!

– Não tenho nenhuma palavra de consolo para dar – respondeu o Espírito. – O consolo vem de um outro lugar, Ebenezer Scrooge, e é dado por outros mensageiros a outros tipos de homens. Não posso nem lhe dizer tudo o que gostaria. Tenho muito pouco tempo. Não posso descansar, nem ficar aqui ou em lugar algum. Escute agora o que tenho para lhe dizer: meu espírito nunca foi além de nosso escritório – ai de mim! –, nem nunca saiu dos limites estreitos de nossa caixa registradora. Agora, longas viagens me esperam!

Scrooge tinha o costume de pôr as mãos nos bolsos das calças toda vez que estava preocupado. E, enquanto pensava sobre o que o Espírito tinha dito, fez o mesmo gesto, mas sem levantar os olhos ou ficar de pé.

– Você deve estar viajando muito devagar, Jacob – observou Scrooge, como quem está tratando de negócios, ainda que em um tom mais humilde e respeitoso.

– Devagar?! – repetiu o Espírito.

– Sim... – murmurou Scrooge. – Morto há sete anos e viajando até agora?

– O tempo todo. Sem descanso nem paz, em um remorso sem-fim e torturante.

– E viaja depressa? – quis saber Scrooge.

– Nas asas do vento – respondeu o Espírito.

– Poderia ter percorrido uma boa distância nestes sete anos – disse Scrooge.

Ao ouvir isso, o Espírito deu outro grito e fez as correntes ressoarem de forma tão pavorosa no silêncio da noite que a polícia teria toda a razão em acusá-lo de perturbar a ordem pública.

– Oh, cativo, aprisionado e duplamente acorrentado... – gritou o Fantasma. – Sem saber que séculos de trabalho incessante das criaturas imortais nesta Terra passarão para a eternidade antes que todo o bem de que ela precisa se converta em realidade. Sem saber que um espírito cristão e caridoso, agindo em sua pequena área, seja ela qual for, descobrirá que sua vida mortal é curta demais para possibilidades tão grandes de aplicação. Sem saber que não há remorso que pague as oportunidades perdidas da vida! No entanto, eu era assim! Exatamente assim!

– Mas você sempre foi um excelente homem de negócios, Jacob! – gaguejou Scrooge, tentando justificar a si mesmo com aquelas palavras.

– Negócios?! – gritou o Fantasma, torcendo novamente as mãos. – A busca da fraternidade e do bem comum é que deveria ter sido o meu negócio. A caridade, a misericórdia, a tolerância, a paciência, a bondade, tudo isso era parte do meu negócio e eu não sabia. Meus assuntos financeiros eram apenas uma gota d'água no enorme oceano dos meus negócios!

Ele esticou os braços e ergueu suas correntes, como se elas fossem a causa de seu inconsolável sofrimento, e depois deixou-as cair pesadamente ao chão.

– Nesta época do ano, meu sofrimento aumenta – disse o Fantasma. – Por que caminhei entre as pessoas e não olhei para elas? Por que nunca ergui os olhos para ver a Estrela Sagrada que conduziu os Reis Magos à manjedoura humilde? Como se não houvesse pobres casebres para os quais aquela luz poderia ter me conduzido!

Scrooge ficou muito perturbado ouvindo a lamentação do Espírito e começou a tremer.

– Ouça! – exclamou o Fantasma. – Meu tempo está acabando.

– Está bem – disse Scrooge –, mas não seja muito duro comigo, Jacob! Não seja tão exagerado, por favor!

– Não sei lhe explicar como foi que apareci aqui de uma forma que você pudesse me ver. Estive sentado ao seu lado, por muitos e muitos dias, sem que você percebesse.

Não era agradável imaginar isso; Scrooge sentiu calafrios e enxugou a testa molhada de suor.

– Esta não é a parte mais leve do meu castigo – prosseguiu o Fantasma. – Estou aqui, esta noite, para lhe avisar que você ainda tem uma chance de escapar do meu terrível destino, uma chance que consegui para você, Ebenezer.

– Você sempre foi um bom amigo para mim – disse Scrooge. – Muito obrigado.

– Três espíritos virão visitar você – disse o Fantasma.

Scrooge ficou quase da cor do Espírito.

– É esta a chance e a esperança de que você falou, Jacob? – perguntou, com a voz trêmula.

– Exatamente.

– Bem... então eu preferiria não ter chance alguma... – disse Scrooge.

– Sem a visita deles, não há esperanças de que você escape do caminho que eu estou percorrendo. Espere o primeiro amanhã, quando os sinos baterem a primeira hora.

– Não poderiam vir todos juntos e acabarmos logo com isso, Jacob?

– Espere o segundo, na noite seguinte, à mesma hora. E o terceiro na outra, após a última batida da meia-noite. Não espere me ver de novo, mas, para o seu próprio bem, não esqueça do que aconteceu entre nós!

Após dizer isso, o Espírito pegou o lenço na mesa e o amarrou em volta da cabeça, como antes. Scrooge percebeu isso pelo som que os dentes fizeram quando se uniram outra vez pela bandagem. Só então ousou erguer a cabeça e olhar para o sobrenatural visitante, que continuava parado à sua frente, em pé, com a corrente enrolada ao redor do corpo e a ponta pendurada no braço.

O Fantasma andou lentamente para trás. Cada passo que dava, a janela se abria um pouco mais, de modo que, quando a alcançou, ela já estava completamente aberta. Fez, então, um sinal para que Scrooge se aproximasse, e ele obedeceu. Quando estavam a apenas dois passos um do outro, o Fantasma de Marley levantou de novo a mão, avisando Scrooge para não se aproximar mais. Scrooge parou, não tanto por obediência, mas por espanto e medo. Logo que o Espírito ergueu a mão, surgiram ruídos confusos no ar. Eram sons estranhos de lamento e pesar, gemidos cheios de sofrimento e remorso. Após escutá-los por alguns instantes, o Fantasma juntou-se ao lamentoso cortejo e flutuou em direção à noite escura.

Scrooge correu até a janela e olhou para fora com desesperada curiosidade.

O ar estava cheio de espíritos que vagavam de um lado para o outro, irrequietos e lamentando-se sem parar. Todos tinham correntes como as do Fantasma de Marley. Alguns deles (talvez alguns políticos desonestos) estavam acorrentados juntos. Nenhum estava solto. Scrooge reconheceu alguns antigos conhecidos. Havia um velho fantasma que ele conhecia melhor, com seu colete branco e um enorme cofre de ferro preso ao tornozelo, que gemia miseravelmente por não conseguir ajudar uma pobre mulher com uma criança, que berrava lá embaixo, sob os degraus de uma entrada. Seu sofrimento, e de todos os outros, era querer fazer o bem na Terra e não conseguir, por ter perdido esse poder para sempre.

Scrooge não saberia dizer se aquelas criaturas se dissolveram na névoa, ou se foi ela que os envolveu. O fato é que elas desapareceram ao mesmo tempo, com suas vozes fantasmagóricas, e a noite voltou ao normal, como quando ele chegara em casa.

Scrooge fechou a janela e examinou a porta por onde o Fantasma havia entrado. Estava com a mesma tranca dupla, tal como ele a fechara, e o cadeado permanecia intocado. Tentou dizer "Que bobagem!", mas parou na primeira sílaba. E, fosse lá por que razão – pela emoção que sentiu, pelo cansaço do dia, pela visão repentina que tivera do Mundo Invisível, pela misteriosa conversa com o Fantasma, ou, ainda, pela hora –, sentiu que precisava de repouso. Foi direto para a cama e, sem se despir, ferrou logo no sono.

Capítulo II

O primeiro dos três espíritos

Quando Scrooge acordou, estava tão escuro que, da cama, mal dava para distinguir a janela transparente das paredes do quarto. Estava tentando penetrar a escuridão com seus olhos de fuinha, quando o sino de uma igreja próxima começou a bater. Ele prestou atenção para ver que horas seriam.

Para seu grande espanto, o pesado sino pulou das seis para as sete, das sete para as oito e assim foi até as doze, quando finalmente parou. Doze badaladas! No entanto, já passava das duas quando ele tinha ido se deitar. O relógio devia estar errado. Poderia ter caído gelo entre suas engrenagens. Doze badaladas!

Ele deu corda no seu próprio relógio, para que ele corrigisse o erro do outro. Seu pequenino pulsar bateu rapidamente até as doze e depois parou.

– Impossível! – disse Scrooge. – Não posso ter dormido o dia inteiro e metade da noite seguinte. É possível que tenha acontecido algo com o sol e que já seja meio-dia!

Como a ideia era muito absurda, Scrooge arrastou-se da cama e foi, às apalpadelas, até a janela. Antes de poder enxergar qualquer coisa, foi obrigado a raspar a geada do vidro com a manga da roupa e, mesmo assim, não adiantou muito. Só conseguiu ver que ainda havia muita neblina e que estava muito frio. Não se ouvia o ruído das pessoas andando de um lado para outro, nem o tumulto que certamente haveria se a noite tivesse engolido a luz do dia e tomado posse do mundo. Sentiu um grande alívio, porque as promessas de pagamento de dívidas que as pessoas tinham assinado para ele tinham datas, e perderiam seu valor se não fosse mais possível contar os dias.

Scrooge voltou para a cama e pensou durante um longo tempo, sem encontrar uma explicação. Quanto mais pensava, mais confuso ficava. E quanto mais tentava não pensar, mais ainda pensava.

O Fantasma de Marley continuava a perturbá-lo intensamente. Cada vez que, depois de muito pensar, dizia a si mesmo que tinha sonhado, sua mente dava um pulo, como uma grande mola comprimida que salta e retorna à posição inicial, e lhe trazia o mesmo problema: "Foi um sonho ou não?".

Scrooge continuou deitado até que os sinos tocaram mais três quartos de hora; lembrou-se, então, que o Fantasma tinha avisado que uma visita chegaria à uma hora. Decidiu ficar acordado até que a hora chegasse. E já que a esta altura seria tão difícil alcançar o sono quanto o paraíso, talvez essa tenha sido mesmo a sua melhor decisão.

Os últimos quinze minutos foram tão longos que mais de uma vez ele chegou a pensar que havia cochilado, sem ouvir a batida do relógio. Mas, finalmente, as badaladas soaram nitidamente.

– Dim! Dom!

– Meia-noite e quinze... – contou Scrooge.

– Dim! Dom!

– Meia hora... – disse Scrooge.

– Dim! Dom!

– Quinze para uma...

– Dim! Dom!

– Pronto! – exclamou, em triunfo. – A hora chegou, e nada aconteceu!

Falou cedo demais, pois a badalada que marcava a hora ainda não havia soado. Justo neste instante, soou uma profunda, sombria, surda e melancólica batida. Em seguida, uma luz forte iluminou o quarto, e as cortinas da cama foram puxadas.

As cortinas de sua cama foram puxadas, posso lhes garantir, por uma mão. Não as que estavam aos seus pés, nem às suas costas, mas aquelas para as quais seu rosto estava virado. Scrooge, erguendo-se abruptamente, viu-se cara a cara com o visitante do outro mundo; tão perto dele quanto estou, em espírito, sobre o ombro de vocês, neste momento.

Era uma figura estranha, parecia uma criança; não, não era tão parecido com uma criança, parecia mais um velho visto através de alguma lente sobrenatural; como se ele tivesse sido afastado da lente até ficar do tamanho de uma criança. Os cabelos brancos, que desciam até os ombros, denunciavam a sua idade, embora não tivesse uma ruga sequer na pele macia e delicada. Os braços eram longos e musculosos, assim como as mãos, que pareciam ter uma força extraordinária. As pernas e pés, muito delicados, estavam nus como os braços. Usava uma túnica branquíssima e um reluzente cinto, que brilhava muito. Segurava na mão um ramo verde e fresco de azevinho, e sua roupa, em estranha contradição com aquele símbolo do inverno, estava enfeitada com flores de verão. O mais estranho de tudo era que, do alto da sua cabeça, surgia um raio claro e brilhante de luz, que o tornava visível. Era por isso, sem dúvida alguma, que ele usava como gorro, em suas aparições mais obscuras, um grande apagador de lampiões que, nesse momento, segurava debaixo do braço.

Entretanto, não era esta qualidade a que mais impressionava Scrooge. Assim como seu cinto faiscava e cintilava, ora aqui, ora ali – e o que era luz antes, no instante seguinte era escuridão –, também a sua figura flutuava em uma contínua indefinição: ora era um ser com apenas um braço, ora com uma única perna, ora com vinte pernas, ora um par de pernas sem cabeça, ora uma cabeça sem corpo. E cada parte que se dissolvia na densa escuridão não deixava vestígios. De repente, ele voltava a ser o mesmo, mais definido e claro do que antes.

– É você o espírito que me foi anunciado? – perguntou Scrooge.

– Sim, sou eu!

A voz era suave e gentil. Estranhamente baixa, como se, em vez de estar ao seu lado, o Espírito estivesse muito longe.

– Quem, ou o que, é você?

– Sou o Fantasma dos Natais Passados.

– Natais muito antigos? – perguntou Scrooge, reparando na sua pequena altura.

– Não, de todos os seus Natais.

Scrooge não saberia dizer exatamente o porquê, mas sentiu uma curiosidade irresistível de ver o Espírito com o gorro na cabeça. Pediu, então, à criatura, que o pusesse.

– Como?! – exclamou o Fantasma. – Deseja apagar tão cedo, com suas mãos terrenas, a luz que irradio? Não lhe basta ser um daqueles que fabricaram com suas paixões este chapéu, obrigando-me a enterrá-lo até os olhos por toda a eternidade?

Scrooge declarou respeitosamente não ter tido intenção de ofendê-lo, bem como não ter consciência de que, em momento algum da sua vida, tivesse encapuzado a cabeça do Espírito. Depois, criou coragem e perguntou o que ele buscava ali.

– Busco o seu bem – respondeu o Fantasma.

Scrooge agradeceu lisonjeado, mas não pôde deixar de pensar que uma noite bem-dormida teria sido muito mais eficaz, neste caso. O Espírito deve ter escutado seus pensamentos, pois disse logo em seguida:

– Ou melhor, a sua salvação. Portanto, atenção!

O Espírito estendeu sua mão forte, agarrou o braço de Scrooge, com gentileza, e disse:

– Levante-se e venha comigo!

Seria inútil para ele dizer que o tempo e a hora não eram muito próprios para passeios a pé, nem que a cama estava quente e o termômetro estava muitos graus abaixo de zero; que estava usando roupas leves, chinelos, camisolão e touca de dormir, ou, ainda, que acordara resfriado. O aperto daquela mão, embora gentil como o de uma mão feminina, era irresistível. Levantou-se, mas quando percebeu que o Fantasma o arrastava até a janela, agarrou suas roupas e implorou:

– Sou um mortal e posso cair!

– Basta que eu toque aí – disse o Espírito, tocando seu coração –, e você se elevará bem acima disso!

Enquanto dizia estas palavras, atravessou com ele a parede, e chegaram em uma estrada em meio ao campo. A cidade tinha desaparecido sem deixar qualquer vestígio. Com ela desapareceram, também, a escuridão e a neblina, e ficou um claro dia de inverno, com a neve cobrindo o campo.

– Santo Deus! Cresci neste lugar! Passei aqui a minha infância! – exclamou Scrooge, juntando as mãos ao olhar ao redor.

O Espírito olhou para ele com ternura. O velho ainda sentia seu toque delicado, embora leve e instantâneo. Ele percebeu mil odores que flutuavam no ar, cada um ligado a mil pensamentos, esperanças, alegrias e afetos esquecidos havia muito, muito tempo!

– Seus lábios estão tremendo – disse o Fantasma. – E o que é isso em seu rosto?

Scrooge murmurou, com um tom diferente de voz, que era uma espinha, e implorou ao Fantasma que o levasse logo aonde pretendia.

– Você lembra o caminho? – perguntou o Espírito.

– Se lembro? Eu poderia andar por aqui de olhos vendados!– exclamou Scrooge, exultante.

– Estranho que o tenha esquecido por tantos anos! – observou o Fantasma. – Vamos em frente.

Enquanto caminhavam pela estrada, Scrooge ia reconhecendo cada portão, cada poste e cada árvore, até que viram uma cidadezinha ao longe, com sua ponte, sua igreja e seu rio sinuoso. Alguns pôneis de crinas compridas vinham trotando na direção deles, montados por garotos que falavam aos gritos com outros garotos, que estavam em charretes e carroças guiadas por camponeses. Todos estavam tão animados, e o campo aberto ficou tão repleto desta agradável música, que a própria atmosfera cristalina e fria pareceu rir alegremente com eles!

– São apenas sombras de coisas que não existem mais – explicou o Fantasma. – Elas não percebem a nossa presença.

Os alegres viajantes se aproximaram e Scrooge os reconheceu um por um, chamando-os pelo nome. Por que sentia uma alegria infinita ao vê-los? Por que seus olhos frios brilhavam e seu coração dava pulos enquanto eles passavam? Por que sentiu tanto prazer ao escutar seus gritos de “Feliz Natal!”, quando se separavam nas veredas e encruzilhadas, cada um a caminho de sua casa? O que significava um Feliz Natal para Scrooge? Era algo tão distante dele! O que ele ganharia com isso?

– A escola não está inteiramente deserta – disse o Fantasma. – Uma criança solitária, esquecida pelos amigos, ainda está lá.

Scrooge disse que sabia quem era e soluçou.

Saíram da estrada, pegando um caminho que ele lembrava muito bem, e logo se aproximaram de uma sombria casa de tijolos vermelhos, com uma pequena torre com um cata-vento em cima e um sino dependurado. Era uma casa grande, mas parecia em ruínas. Os espaçosos aposentos eram pouco usados, as paredes estavam úmidas e cobertas de musgo, as janelas estavam quebradas e os portões, enferrujados. As galinhas ciscavam e cacarejavam pelos estábulos, e as cocheiras e os galpões estavam tomados pelo capim. Por dentro, a casa também estava malcuidada. Ao entrarem no escuro corredor, observaram, pelas portas abertas dos inúmeros aposentos, que eles estavam todos mal mobiliados, frios e desérticos. Havia um cheiro de terra no ar, um gélido abandono que, de alguma forma, lembrava muitas noites frias à luz de velas e muito pouco para se comer.

O Fantasma e Scrooge seguiram em frente, atravessaram o corredor em direção a uma porta nos fundos da casa. A porta se abriu para um grande aposento, vazio e triste, ainda mais triste devido às fileiras de bancos e carteiras muito humildes. Sentado em uma delas, um menino lia, próximo de uma luz fraca. Scrooge sentou-se, também, e chorou ao se ver miseravelmente abandonado, como sempre acontecia.

Não se ouvia nenhum eco perdido pela casa, nenhum guincho ou ruído de ratos correndo por trás dos painéis, nenhuma gota semicongelada na fonte do melancólico pátio dos fundos, nenhum suspiro entre os galhos sem folhas de um velho álamo, nem o indolente ranger da porta de alguma despensa vazia, ou o crepitar do fogo em uma lareira. Tudo isso fez com que o coração de Scrooge amolecesse, e suas lágrimas rolaram livremente.

O Espírito tocou seu braço e apontou para o seu sósia juvenil, concentrado em sua leitura. Subitamente, surgiu na janela um homem vestido com roupas exóticas, inacreditavelmente real e visível: ele ficou do lado de fora da janela, com um machado preso à cintura, segurando pelas rédeas um burro carregado de lenha.

– Veja só, é Ali Babá! – exclamou Scrooge, extasiado. – Meu velho e bom Ali Babá! Sim, é ele mesmo! Em um certo Natal, quando aquele solitário garoto foi deixado aqui, *ele* surgiu pela primeira vez, exatamente como agora. Pobre garoto! E lá está Valentino, com Orson, seu irmão turrão – sim, lá vão eles! Como é mesmo o nome daquele outro, que foi deixado só de ceroulas, na Porta de Damasco? Não está vendo? E o cavalariço do sultão, que o gênio pendurou de pernas para o ar! Bem feito para ele! Quem mandou querer casar com a princesa?

Se os colegas negociantes de Scrooge pudessem vê-lo assim, falando destes assuntos com tanta seriedade, com uma voz que misturava o riso e o choro; se pudessem ver agora a animação em seu rosto, ficariam realmente muito espantados.

– Lá está o papagaio! – exclamou Scrooge. –

Com o corpo verde e o peito amarelo, e um topete ao alto da cabeça que mais parece uma alface – sim, lá está ele! "Pobre Robinson Crusoé!", assim dizia a ave, logo que ele voltou de sua expedição ao redor da ilha. "Pobre Robinson Crusoé, por onde andaste, ó Robinson Crusoé?" O náufrago achou que delirava, mas não!, era só o papagaio, você sabe! E lá vai Sexta-feira, correndo para o riacho para salvar sua vida! Irrááá! Vamos! Iú-húúúú!

De repente, porém, mudando subitamente de atitude, ao contrário do que costumava fazer, começou a chorar, com pena de seu antigo eu.

– Pobre menino! Eu gostaria... – balbuciou, Scrooge, pondo a mão no bolso e dando uma olhada em volta, após ter enxugado os olhos com a manga. – Mas agora é tarde demais.

– O que houve? – perguntou o Espírito.

– Não foi nada, esqueça. É que ontem à noite um garoto veio cantar uma canção de Natal na minha porta. Eu gostaria de ter dado alguma coisa a ele, é só isso – disse Scrooge.

O Fantasma sorriu pensativamente e disse, fazendo um gesto com a mão:

– Quem sabe, no próximo Natal!

O garoto Scrooge foi crescendo, enquanto a sala se tornava mais suja e escura. Os painéis das paredes empenaram, a pintura das janelas descascou, pedaços de reboco desprenderam-se do teto, deixando à mostra as ripas nuas. Mas como tudo isso aconteceu, nem Scrooge nem nós saberíamos dizer. Ele só sabia que tudo havia acontecido exatamente assim, que lá estava ele novamente sozinho, enquanto os outros tinham ido festejar o Natal em suas casas.

Agora ele não lia, mas andava, desconsoladamente, de um lado para o outro. Scrooge olhou para o Fantasma e, balançando a cabeça com um ar pesaroso, virou-se com ansiedade para a porta.

Ela se abriu e uma menininha muito mais jovem que ele entrou correndo, jogou os braços ao redor de seu pescoço e encheu-o de beijos.

– Meu querido irmão! Vim buscá-lo para irmos juntos para casa! – disse a menina, batendo palmas e abrindo um largo sorriso. – Já para casa! Já para casa! Já para casa!

– Para casa, Fanny? – perguntou o menino.

– Claro! – disse a menina, radiante de alegria. – Lá ficaremos, felizes para sempre! Papai anda tão dócil, nem parece o mesmo! Nossa casa, agora, parece o paraíso! Falou comigo com tanta bondade, na hora de dormir, que eu criei coragem e perguntei se você já podia voltar para casa. Ele disse que sim, que achava bom, e que viesse buscar você de carruagem. Logo você será um homem – disse a menina, arregalando os olhos – e nunca mais vai precisar voltar para cá. Mas, agora, vamos passar o Natal juntos, em casa. Será a coisa mais divertida do mundo!

– Você está quase uma mocinha, Fanny! – exclamou o garoto.

Ela riu e bateu palmas novamente, tentando tocar a sua cabeça. Mas era tão pequena que não alcançava, o que a fazia rir ainda mais, colocando-se na ponta dos pés para abraçá-lo. Feliz, ele deixou que ela o levasse até a porta.

Uma voz terrível ecoou no vestíbulo:

– Tragam já as bagagens do senhor Scrooge!

O diretor da escola apareceu em pessoa, olhando o jovem Scrooge com uma condescendência feroz, deixando-o atordoado com seu aperto de mão. Em seguida, levou os dois até a sala mais velha e gelada que havia, onde até os mapas nas paredes e os globos celeste e terrestre, perto da janela, pareciam congelados de frio. Ali, desencavou uma garrafa de um vinho muito suave e fatias de um bolo muito pesado e ofereceu-os em pequenas porções a cada um dos jovens. Ao mesmo tempo, mandou que uma empregada franzina oferecesse um copo de "qualquer coisa" ao cocheiro, que agradeceu muito, dizendo que preferia não tomar nada. A essa altura, o baú do jovem Scrooge já tinha sido amarrado no alto da carruagem, e as crianças se despediram do diretor com imenso prazer. Subiram no veículo e passaram alegremente pelo jardim, as rodas esmagando com força a neve e o gelo, que salpicavam de branco as folhas escuras dos arbustos.

– Ela sempre foi uma criatura tão delicada que bastava uma brisa para derrubá-la – disse o Fantasma. – Mas tinha um grande coração!

– Sem dúvida! – exclamou Scrooge. – Por Deus, você está certo, não vou negar!

– Ela morreu jovem – prosseguiu o Fantasma – e deixou uma criança.

– Um garoto – acrescentou Scrooge.

– Sim, o seu sobrinho – disse o Fantasma.

Scrooge ficou embaraçado e respondeu laconicamente:

– Pois é...

Apesar de recém terem deixado a escola, já estavam em uma rua movimentada nos subúrbios de uma cidade, onde sombras de pedestres circulavam pelas ruas em meio a sombras de carroças e de carruagens, com a mesma movimentação e tumulto de uma cidade verdadeira. Pelas vitrinas enfeitadas das lojas, podia-se perceber claramente que aqui também era Natal. Era noite, e as ruas estavam iluminadas.

O Fantasma parou à porta de uma determinada loja e perguntou a Scrooge se a reconhecia.

– Como não! – exclamou Scrooge. – Fui aprendiz, aqui!

Os dois entraram. Um velho com uma peruca de rabicho estava sentado atrás de uma escrivaninha tão alta que, se tivesse mais alguns centímetros, bateria com a cabeça no teto. Scrooge gritou, muito animado:

– Mas é o velho Fezziwig! Santo Deus! O velho Fezziwig, vivo outra vez!

O velho Fezziwig largou a caneta e olhou para o relógio, que marcava sete horas. Depois, esfregou as mãos, ajeitou seu colete, deu uma risada que sacudiu o corpo todo, dos pés à cabeça, e chamou com uma voz satisfeita, agradável, bonachona e jovial:

– Ei, vocês! Ebenezer! Dick!

Scrooge, jovem outra vez, entrou rapidamente, acompanhado de um colega aprendiz.

– Dick Wilkins, tenho certeza! – disse Scrooge ao Espírito. – Deus me proteja, é ele mesmo! Gostava muito de mim... Pobre e querido Dick!

– Muito bem, rapaziada – disse Fezziwig –, chega de trabalho por hoje! É noite de Natal, Dick! É Natal, Ebenezer! Vamos fechar a loja o mais rápido possível! – gritou o velho Fezziwig, batendo palmas com força.

Ninguém acreditaria na rapidez com que os dois fizeram isso! Correram para a rua com as grades – um, dois, três; colocaram-nas nos seus lugares – quatro, cinco, seis; trancaram e chavearam tudo – sete, oito, nove; e voltaram antes que se pudesse contar até doze, ofegando como cavalos de corrida.

– Iuuupiii! – gritou o velho Fezziwig, saltando de sua alta escrivaninha com espantosa agilidade. – Agora arredem tudo, rapazes, para abrir um grande espaço aqui. Vamos, Dick! Ei, Ebenezer!

Abrir um espaço! Não havia espaço algum que eles não pudessem abrir com o velho Fezziwig observando-os. Em um minuto, estava tudo pronto. Arredaram todos os móveis, como se nunca mais fossem utilizá-los. Varreram e lavaram o chão, dependuraram as luzes, amontoaram a lenha sobre a lareira e, em um piscar de olhos, a loja virou um agradável, quente e radiante salão de baile – tudo o que se poderia desejar em uma noite de inverno.

Logo em seguida, chegou um violinista, com suas partituras, instalou-se na imensa escrivaninha, como se estivesse no comando de uma grande orquestra, e começou a afinar o instrumento, que ressoava como o ronco de cinquenta estômagos reunidos. Neste instante, a senhora Fezziwig entrou com seu sorriso farto. Entraram, também, as três senhoritas Fezziwig, simpáticas e radiantes. Logo atrás, entraram seus seis jovens admiradores, cujos corações elas partiam. Chegaram todos os empregados da casa, homens e mulheres. Chegou a criada, com o primo padeiro; a cozinheira, com o amigo íntimo de seu irmão, o leiteiro; o rapaz que trabalhava do outro lado da rua, cujo patrão, diziam, o deixava passar fome (ele tentava esconder-se atrás de uma mocinha que trabalhava duas casas adiante e que costumava levar puxões de orelha da sua patroa). Assim chegaram todos, um após o outro: alguns tímidos, outros impertinentes; alguns bem-educados, outros desajeitados; alguns puxando, outros empurrando – enfim, chegaram todos, de todos os modos.

Ali estavam vinte casais dançando de mãos dadas, abrindo e fechando a roda de um lado ao outro do salão, abaixando-se no centro e levantando-se de novo – sempre rodopiando e improvisando novos e calorosos arranjos. O casal da ponta, entretanto, acabava sempre aparecendo no lugar errado, e aquele que lhe seguia repetia os mesmos erros, até que ninguém mais se entendia! Diante disso, o velho Fezziwig bateu palmas para que a dança parasse, gritando: "Muito bem! Muito bem!"

Enquanto isso, o violinista aproveitou para afundar o rosto afogueado em uma caneca de cerveja destinada exatamente a este fim. Mas logo retomou sua tarefa, embora não houvesse mais dançarinos, como se o outro músico, exausto, tivesse sido levado para casa em uma maca e ele fosse um músico novo em folha, decidido a vencer o anterior ou morrer na tentativa.

Houve mais danças, mais brincadeiras, mais danças de novo, mais bolo, mais um grande pedaço de assado frio, mais uma porção de cozido frio, mais um pastelão de carne e cerveja à vontade. O momento mais importante da noite foi quando, depois do assado e do cozido, o violinista (que era um artista danado de bom, acreditem, daqueles que conhecem seu trabalho melhor do que ninguém) começou a tocar *Sir Roger de Coverley*. Então, o velho Fezziwig levantou-se para ir dançar com a senhora Fezziwig. Eles eram o casal principal e dançavam tão bem que lideraram a dança, e foram seguidos por vinte e quatro pares de dançarinos, gente que não estava para brincadeira, gente que tinha ido lá para *dançar*, e não para pular.

Mas mesmo que houvesse o dobro de pares – ou quatro vezes mais –, ainda assim o velho Fezziwig ganharia deles todos. Quanto à sua esposa, era digna de ser seu par, em todos os sentidos. E se esse não é um elogio suficiente, me digam um melhor, e eu o utilizarei. Parecia que jorrava luz dos pés dos Fezziwig, e eles brilhavam por todo o salão, feito duas luas; ninguém era capaz de prever quando ou onde eles iriam surgir. Quando o velho Fezziwig e sua esposa encerraram a dança, após haverem avançado e recuado, dado as mãos entre si, se curvado e feito mesuras, serpenteado e costurado e, finalmente, se encaminhado para o seu lugar, o velho Fezziwig deu um salto tão primoroso que pareceu ter dado uma piscadela com as pernas, caindo de pé outra vez, sem o menor cambaleio.

Quando o relógio bateu onze horas, o baile acabou. O senhor e a senhora Fezziwig se colocaram na saída, um de cada lado da porta, e se despediram de todos que partiam, desejando um Feliz Natal. Quando só restaram os dois aprendizes, fizeram o mesmo com eles; e enquanto as vozes alegres iam sumindo ao longe, os rapazes foram se deitar em suas camas, atrás de um balcão do armazém.

Durante todo este tempo, Scrooge comportou-se como um homem que estava fora de seu juízo. Seu coração e sua alma estavam presos àquela cena e ao seu antigo eu. Reconhecia tudo, recordava de tudo, se deliciava com tudo e estava em um estranho estado de agitação. Só lembrou do Fantasma quando os rostos brilhantes de Dick e de seu eu juvenil desapareceram, e percebeu que o outro olhava para ele atentamente, e a luz sobre sua cabeça brilhava com força.

– Uma coisa tão insignificante, afinal – disse o Fantasma –, e ainda assim estes tolos ficam tão agradecidos.

– Insignificante?! – ecoou Scrooge.

O Espírito fez sinal para que prestasse atenção à conversa dos dois aprendizes, os quais se derramavam em elogios a Fezziwig. Depois, disse:

– E não é insignificante? O velho só gastou umas poucas libras do seu perecível dinheiro, três ou quatro no máximo. Acha que isso merece tanto elogio?

– Não se trata disso – disse Scrooge, ofendido pela crítica e falando, sem querer, como o seu antigo eu, e não como o seu eu atual. – Não é nada disso, Fantasma. Ele tinha o poder de nos tornar felizes ou infelizes, de fazer nosso trabalho suave ou opressivo, de torná-lo um prazer ou uma tortura. Quero dizer que o poder dele estava em suas palavras e gestos, estava em coisas tão vagas e insignificantes que seria impossível medir o seu valor. Mas e daí? A felicidade que ele espalhou foi imensa e equivale ao gasto de uma grande fortuna.

Scrooge sentiu sobre si o olhar do Espírito e calou-se.

– O que houve? – perguntou o Fantasma.

– Nada, esqueça – respondeu Scrooge.

– Mas houve alguma coisa, não houve? – insistiu o Fantasma.

– Não, nada. Apenas gostaria de poder dizer agora uma ou duas palavras ao meu empregado, só isso.

Enquanto dizia isso, seu antigo eu apagou a luz do lampião, e Scrooge e o Fantasma viram-se novamente lá fora, um ao lado do outro.

– Meu tempo se esgota rapidamente – observou o Espírito. – Rápido!

Isso não foi dito a Scrooge, ou a nenhum ser visível, mas as palavras tiveram um efeito imediato. Neste exato momento, Scrooge voltou a ver a si próprio. Agora estava mais velho, um homem na flor da idade. Seu rosto ainda não tinha as linhas duras e rígidas que teria anos depois, mas já começava a mostrar sinais de ansiedade e avareza. Havia um movimento nervoso em seu olhar que denunciava o enraizamento de uma paixão que, mais tarde, se transformaria em uma imensa árvore, que iria projetar sobre ele a sua sombra.

Ele não estava só; uma jovem loura e enlutada estava sentada ao seu lado. Seus olhos, cheios de lágrimas, refletiam a luz que vinha do Espírito dos Natais Passados.

– Isso não importa – dizia ela, suavemente. – Para você, nada importa. Um outro ídolo tomou o meu lugar; e se, no futuro, ele puder tornar sua vida feliz e agradável, como eu tentei fazer, não tenho motivos para estar triste.

– Que ídolo? – perguntou ele.

– Um ídolo de ouro.

– Assim é o mundo! – disse ele. – Não há nada que seja mais duro do que a pobreza, e, no entanto, não há nada que ele condene mais prontamente do que a busca da riqueza!

– Você se preocupa demais com o mundo – respondeu ela, docemente. – Todas as suas esperanças se fundiram num único propósito: estar a salvo das sórdidas censuras do mundo. Vi cair uma a uma as suas mais nobres aspirações, até que a paixão maior tomou conta de você: o Lucro. Estou certa ou não?

– E daí? – retrucou ele. – Isso quer dizer, apenas, que fiquei mais sábio. Mas com você continuo o mesmo.

Ela balançou a cabeça, negativamente.

– Mudei?

– Nosso acordo é antigo; foi feito numa época em que éramos pobres e não nos importávamos com isso. Sabíamos que, na hora certa, poderíamos melhorar de vida, com muito trabalho e muita paciência. Mas você mudou. Naquela época, você era um outro homem.

– Eu era um fedelho – disse ele, com impaciência.

– No fundo, você mesmo sabe que mudou. Mas eu continuo a mesma. Aquela que lhe prometeu felicidade quando éramos um só coração, mas que está triste, agora que somos dois. Não sei dizer quantas vezes me torturei, pensando nisso. O que importa dizer é que *pensei* nisso e desejo liberar você do seu compromisso.

– Alguma vez eu pedi que você me liberasse?

– Com palavras, não. Nunca.

– E como, então?

– Você foi mudando, modificando seu espírito, dando outro rumo à sua vida, mudando os seus objetivos, mudando em tudo aquilo que fazia meu amor ter algum valor ou significado para você. Se não existisse este compromisso que há entre nós, diga-me, você olharia para mim e tentaria ainda me conquistar? Oh, certamente não! – disse ela, suavemente, porém olhando-o com firmeza.

Ele pareceu aceitar, contra a vontade, os argumentos dela. No entanto, disse ainda, em um último esforço para se defender:

– Você é que pensa assim.

– Quem dera eu pudesse pensar de outra maneira – respondeu ela. – Deus sabe o quanto eu gostaria! Quando cheguei a esta conclusão, vi o quanto ela era real e intransponível. Se você estivesse livre, hoje, ontem ou amanhã, acha mesmo que escolheria uma moça pobre para casar? – logo você, que avalia qualquer coisa pelo lucro? E se você conseguisse esquecer por um momento o único princípio que orienta sua vida e escolhesse uma moça como eu, será que não ia se arrepender em seguida? Acho que sim. Por isso estou lhe devolvendo a liberdade, de coração leve, em respeito àquele que você foi um dia.

Ele ia dizer algo, mas a jovem virou para o outro lado e continuou:

– Talvez você sofra um pouco – e a lembrança do que passou me faz ter esperança de que isso aconteça –, mas será por pouquíssimo tempo, e você mesmo vai querer esquecer esta lembrança, aliviado, como quem acorda de um sonho inútil do qual terá sido muito bom acordar. Seja muito feliz na vida que você escolheu!

E ela foi embora.

– Espírito! – exclamou Scrooge. – Não me mostre mais nada! Leve-me para casa. Por que tem tanto prazer em me torturar?

– Só mais uma sombra! – exclamou o Fantasma.

– Não! Chega! – gritou Scrooge. – Não quero ver, não me mostre mais nada!

Mas o impiedoso Fantasma agarrou-o pelo braço e obrigou-o a ver o que surgiu em seguida.

Agora estavam em um lugar e um cenário diferentes: um quarto, nem muito grande nem muito bonito, mas confortável. Uma linda jovem estava sentada perto de uma lareira; era tão parecida com a primeira, que Scrooge pensou ser a mesma, até reparar que ela tinha se tornado uma agradável senhora, sentada em frente à sua filha. O barulho dentro do quarto beirava o tumulto, porque havia mais crianças ali do que Scrooge poderia contar, pois ele estava muito agitado. Ao contrário do rebanho daquele famoso poema, não era um bando de crianças se comportando como uma só, mas cada uma se comportava como quarenta. O resultado era uma confusão inacreditável, mas ninguém parecia se importar. Pelo contrário, a mãe e a filha riam muito e pareciam muito felizes. Em seguida, a menina foi brincar com os garotos, e foi atacada de maneira impiedosa pelos pequenos bandoleiros! Ah, o que eu não daria para ser um deles! Só que eu não seria tão grosseiro – oh, isto não! Nem por todo ouro do mundo eu teria puxado aquelas tranças douradas, nem teria arrancado aqueles sapatinhos encantadores – Deus que me perdoe! – nem que minha vida corresse perigo. E eu jamais seguraria na cintura dela, como fizeram aqueles valentes bandidinhos. E caso segurasse, acharia justo ser castigado e ver meu braço entortar e nunca mais voltar ao normal. Em compensação, eu teria adorado tocar os lábios dela e fazer perguntas para vê-la abri-los; e olhar por cima das pestanas abaixadas, sem jamais fazê-la corar; e soltar seus cabelos e pegar um pedacinho como se fosse um tesouro muito valioso. Em resumo, eu teria gostado muito de ter a espontaneidade de uma criança e ao mesmo tempo ser adulto para saber o valor daquilo tudo.

Nesse momento, alguém bateu na porta. Isso provocou uma correria e a menina do rosto sorridente e vestido amarrotado foi carregada no centro de um grupo excitado e barulhento, bem a tempo de abraçar o pai, que voltava para casa acompanhado de um carregador que o ajudava a trazer os brinquedos e presentes de Natal. E os gritos e empurrões, e o ataque ao carregador indefeso! Eles subiram em cadeiras para escalar o homem, enfiaram as mãos em seus bolsos, pegaram os pacotes de papel pardo, puxaram a sua gravata, penduraram-se em seu pescoço, deram socos nas suas costas e chutaram suas canelas, em uma incontrolável demonstração de afeto! E os gritos de surpresa e alegria cada vez que abriam um pacote! E quando alguém disse que o bebê tinha colocado a frigideira da boneca na boca, e que provavelmente tinha engolido um peru de gesso que estava colado em um pratinho de madeira! Foi um alívio descobrir que era um alarme falso! Que alegria, que gratidão, que prazer! – não dava para descrever. Basta dizer que, pouco a pouco, as crianças e suas emoções foram saindo da sala, subindo os degraus, um de cada vez, até o último andar, onde deitaram em suas camas e dormiram.

Então Scrooge pôde ver com mais atenção quando o dono da casa e a mãe, com a filha carinhosamente encostada nele, sentaram perto da lareira. E quando Scrooge imaginou que uma criatura assim tão graciosa poderia tê-lo chamado de pai e ser a primavera no inverno triste de sua vida, sentiu os olhos encherem de lágrimas.

– Belle, hoje à tarde vi um velho amigo seu – disse o marido, sorrindo para a mulher.

– Quem era?

– Adivinhe!

– Como posso saber? – disse ela, rindo com ele. – Oh, espere aí!... Era o senhor Scrooge?

– Exatamente. Passei em frente à janela de seu escritório e, como ainda não estava fechado e havia uma vela acesa, não pude deixar de entrar. Ouvi dizer que o sócio dele está morrendo. E Scrooge estava lá, sozinho. Completamente sozinho no mundo, acho.

– Espírito! – pediu Scrooge, com a voz cansada. – Tire-me já daqui.

– Eu lhe avisei que eram somente sombras de coisas que aconteceram – disse o Fantasma. – Elas são o que são, não é minha culpa!

– Tire-me já daqui! – exclamou Scrooge. – Não suporto mais isso!

Olhou para o Fantasma e, ao ver que o rosto dele agora reunia, de uma forma estranha, partes de todos os rostos que ele tinha visto, atracou-se com ele.

– Deixe-me em paz! Leve-me daqui! Pare de me atormentar!

Durante a luta – se é que se podia chamar aquilo de luta, porque o Fantasma não fazia nenhuma resistência, pois não sentia nenhum golpe do seu adversário –, Scrooge percebeu que a luz do Fantasma estava cada vez mais forte e brilhante. Então, achando que esta luz tinha algo a ver com o poder que o espírito tinha sobre ele, agarrou o capuz-apagador e enterrou-o na cabeça do Fantasma.

O Espírito desapareceu debaixo do capuz, mas, por mais que Scrooge usasse toda a sua força, não conseguiu apagar a luz, que jorrava pelo chão sem parar.

Scrooge começou a se sentir exausto, tomado por uma sonolência irresistível, e, sabendo que estava em seu próprio quarto, deu ainda um último aperto no capuz e depois deixou a mão relaxar. Mal teve tempo de cambalear para a cama antes de cair em um sono profundo.

Capítulo III

O segundo dos três espíritos

Scrooge acordou no meio de um ronco impressionantemente alto, sentou na cama para tentar colocar em ordem os seus pensamentos, e mal teve tempo de perceber que o relógio acabara de bater uma hora. Sentiu que havia voltado à consciência no momento exato de se encontrar com o segundo mensageiro que Jacob Marley lhe enviaria. Como sentia um frio desagradável toda vez que imaginava qual das cortinas de sua cama o novo espírito iria abrir, achou melhor ele mesmo abrir todas elas. Depois, encostou-se novamente na cabeceira da cama, dando uma olhada ao redor, pois queria flagrar o fantasma no mesmo instante que aparecesse, para não demonstrar surpresa ou nervosismo.

Cavalheiros experientes, que se orgulham de saber sempre como agir, costumam mostrar sua enorme capacidade para a aventura ao se declararem preparados para enfrentar qualquer coisa, desde um inocente cara ou coroa até um assassinato. Entre esses dois extremos, sem dúvida, há um monte de possibilidades diferentes. Sem querer dizer que o senhor Scrooge tem a coragem desses cavalheiros, peço-lhes, porém, que prestem atenção ao fato de que ele estava pronto para enfrentar estranhas aparições, e que qualquer coisa, um bebê ou um rinoceronte, seria incapaz de deixá-lo muito surpreso.

Mesmo se sentindo preparado para qualquer coisa, na verdade não estava preparado para coisa nenhuma e, assim, quando o sino bateu uma hora e nada apareceu, ele começou a tremer. Passaram cinco, dez, quinze minutos, e nada surgiu. Durante todo esse tempo, Scrooge ficou deitado na cama, no centro de uma luz vermelha que tinha surgido desde que o relógio batera uma hora; essa luz, mesmo sendo apenas uma luz, era mais assustadora do que uma dúzia de fantasmas, porque Scrooge não sabia o que estava acontecendo e nem o que ia acontecer. Além disso, ficou com medo de que pudesse ter se tornado um estranho caso de combustão espontânea, sem nem ao menos saber disso. Finalmente começou a pensar – como você ou eu teríamos feito, pois é sempre quem está de fora do perigo que sabe exatamente o que deve ser feito e, também, sem dúvida, como se deve fazer. Finalmente, como eu dizia, começou a pensar que a origem e o segredo daquela luz deveriam estar no quarto ao lado, de onde, observando-se melhor, parecia vir todo o brilho.

Com essa ideia na cabeça, Scrooge se levantou e foi até a porta, arrastando os chinelos. No momento em que sua mão segurou o trinco, uma voz estranha o chamou pelo nome e pediu que ele entrasse. Scrooge obedeceu.

Era seu próprio quarto, não havia a menor dúvida, mas tinha sofrido uma transformação surpreendente. As paredes e o teto estavam tão cobertos de vegetação que mais parecia um bosque, com frutinhas coloridas brilhando por toda parte. As folhas verdes do azevinho e da hera refletiam a luz, como se fossem cacos de espelho espalhados por todos os lados. Um fogo potente ardia na lareira, tão forte como jamais aquela triste construção de pedra havia visto, nem na época de Scrooge nem na de Marley, ou em inverno algum do passado. Empilhados no chão, na forma de um trono, havia perus, gansos, caças, aves, pernis, grandes pedaços de carne, leitões, longas tripas de linguiça, pastelões de carne, pudins de ameixa, barris de ostras, castanhas assadas, maçãs vermelhas, laranjas suculentas, peras apetitosas, imensas tortas natalinas e vaporosas poncheiras que perfumavam a peça com um cheiro delicioso. Um alegre gigante estava sentado comodamente nesse trono, segurando uma tocha ardente em forma de cone, bem alto, para poder iluminar Scrooge, que espiava tudo da porta.

– Vamos, entre homem! – exclamou o Fantasma. – Entre e venha me conhecer melhor!

Scrooge avançou timidamente, baixando a cabeça diante do Espírito. Não era mais o Scrooge arrogante de antes e, apesar dos olhos do Fantasma serem claros e amigos, não teve coragem de encará-los.

– Sou o Espírito do Natal Presente – disse. – Olhe para mim!

Scrooge olhou-o respeitosamente. O Fantasma vestia um roupão, ou manto, verde-escuro, com acabamento de pele branca. Sua roupa era tão larga que deixava ver o robusto peito, sem que ele se preocupasse em escondê-lo. Dava para ver seus pés debaixo das amplas dobras da roupa, e eles também estavam nus. Na cabeça, ele tinha apenas uma coroa de azevinho, salpicada aqui e ali por pedaços brilhantes de gelo. Os cabelos castanhos eram longos e livres como seu sorridente rosto, seu olhar era cintilante, suas mãos abertas, sua voz jovial, seu modo descontraído e seu aspecto radiante. Tinha uma velha bainha enferrujada presa na cintura, mas sem nenhuma espada.

– Aposto que você nunca viu alguém parecido comigo! – exclamou o Fantasma.

– Nunca – respondeu Scrooge.

– Nunca andou com os membros jovens da minha família? Quero dizer (pois eu sou bem jovem), com meus irmãos mais velhos, nascidos nos últimos anos?

– Acho que não – disse Scrooge. – Você tem muitos irmãos?

– Mais de mil e oitocentos – respondeu o Fantasma.

– Que monstruosa família para sustentar! – murmurou Scrooge.

O Espírito do Natal Presente ergueu-se.

– Espírito – disse Scrooge, submisso –, leve-me para onde quiser. Na noite passada, fui levado à força e aprendi uma lição que começa agora a dar resultado.

Se tem alguma coisa para me ensinar esta noite, que eu tire dela algum proveito.

– Agarre a minha túnica!

Scrooge obedeceu e agarrou-a depressa.

O azevinho, as cerejas, a hera, os perus, os gansos, as caças, as aves, os pernis, os leitõezinhos, as linguiças, as ostras, os pastéis, os pudins, as frutas e os ponches, tudo desapareceu repentinamente. Do mesmo modo, desapareceram o quarto, a lareira, a luz vermelha e a própria noite. Eles se viram nas ruas de uma cidade na manhã de Natal e, como estava muito frio, as pessoas faziam uma espécie de música áspera, mas não muito desagradável, quando varriam a neve das calçadas em frente das casas e dos telhados, para alegria das crianças, que se deliciavam ao ver a neve cair do alto e corriam no meio dessas pequenas nevascas artificiais.

As frentes das casas eram escuras, as janelas ainda mais, contrastando com o lençol branco e liso sobre os telhados e com a neve suja do chão, marcada pelas rodas pesadas de carroças e carruagens, que se cruzavam centenas de vezes nos encontros das ruas, abrindo canais na espessa lama amarela e na água congelada, difíceis de seguir. O céu estava sombrio, e as ruas estreitas estavam cobertas por uma forte neblina, meio úmida e meio congelada. Partículas mais pesadas desciam do céu como se fosse uma chuva escura, como se todas as chaminés da Grã-Bretanha tivessem combinado acenderem ao mesmo tempo. Não havia nada de especialmente feliz no clima da cidade; no entanto, havia no ar uma alegria tão grande que nem a luz mais clara de um dia de verão conseguiria provocar.

De fato, as pessoas que estavam limpando a neve dos telhados das casas pareciam muito contentes. Chamavam umas às outras dos parapeitos das janelas e, de vez em quando, jogavam-se bolas de neve, rindo muito quando acertavam, e mais ainda quando erravam. As mercearias ainda estavam abertas, e as quitandas expunham suas frutas com orgulho. Havia enormes cestas redondas, cheias de castanhas, parecendo velhos cavalheiros bonachões com seus coletes, que transbordavam para as ruas em sua obesa opulência. Havia cebolas da Espanha, coradas, bronzeadas e rechonchudas, resplandecendo em sua abundância como frades espanhóis, enquanto piscavam maliciosamente das prateleiras para as moças que passavam e olhavam disfarçadamente para os visgos dependurados. Havia peras e maçãs empilhadas em pirâmides altas e floridas e cachos de uvas que os quitandeiros penduravam em ganchos bem à vista para que pudessem encher gratuitamente de água a boca dos que passavam pela rua. Havia pilhas de avelãs amarronzadas e cobertas de musgo, com um cheiro que fazia lembrar antigas caminhadas pelos bosques, em que se afundava até os tornozelos nas folhas secas. Havia pêssegos, gordos e maduros, empilhados ao lado de limões e laranjas amarelados, os quais, assim suculentos e reunidos, pareciam suplicar humildemente para que fossem levados logo em grandes sacolas para casa e comidos após o jantar. Até mesmo os peixinhos dourados e prateados, colocados em um aquário, no meio de todas essas frutas especiais – embora membros de uma raça sem graça e de sangue-frio –, pareciam saber que algo de importante estava acontecendo. Todos arfavam de lá para cá, em seu pequeno mundo, em uma excitação lenta e desapaixonada.

E as mercearias, então! Oh, as mercearias! Embora já estivessem quase fechadas, com uma ou duas portas descidas, ainda assim, que magnífico espetáculo se podia ver entre as frestas! Não era somente porque as balanças descendo sobre os balcões faziam um ruído alegre, ou porque o barbante e o papel de embrulho se desenrolavam energicamente, ou porque as latas eram equilibradas umas sobre as outras como em um truque de malabarismo, ou porque os odores combinados do chá e do café eram tão agradáveis ao olfato, ou porque as passas eram tantas e de tão boa qualidade, as amêndoas tão incrivelmente brancas, as cascas de canela tão longas e retas, as outras especiarias tão deliciosas, as frutas cristalizadas tão bem cortadas e polvilhadas de açúcar, capazes de fazer com que até o mais distraído dos transeuntes ficasse desesperadamente faminto. E nem somente porque os figos eram úmidos e suculentos, as ameixas francesas coravam em sua modéstia em suas caixas bem decoradas, e nem porque tudo que estava em embalagens natalinas parecia ainda mais apetitoso. Mas os fregueses estavam tão apressados e animados com as promessas daquele dia, que esbarravam uns nos outros nas portas, enganchavam com força suas cestas, esqueciam-nas em cima do balcão e

depois voltavam às pressas para buscá-las, cometendo centenas de outros enganos semelhantes, e tudo isso no melhor dos humores. E o merceeiro e seus empregados eram tão cordiais que as lustrosas fivelas em forma de coração que prendiam seus aventais simbolizavam perfeitamente os seus próprios corações, usados do lado de fora e expostos à inspeção geral, para que qualquer um pudesse se servir deles.

Logo os sinos chamaram a boa gente para a igreja e a capela. E lá vieram todos pelas ruas, com suas melhores roupas e seus melhores sorrisos. Uma grande multidão surgiu ao mesmo tempo, vinda de inumeráveis vielas, becos e travessas anônimas, trazendo a ceia que ia ser assada nos fornos dos padeiros. A visão dessa gente despertou bastante a atenção do Fantasma, que parou junto com Scrooge perto da porta de uma padaria; depois, à medida que elas iam passando, ele levantava a tampa das viandas e derramava em suas refeições um pouco do incenso de sua tocha. Era uma tocha bem estranha, porque nas vezes em que algumas pessoas discutiram, só por terem se esbarrado, ele lançou sobre elas algumas poucas gotas, e o bom humor delas imediatamente voltou, a ponto de reconhecerem que era mesmo uma vergonha brigar no dia de Natal. E era mesmo, Deus seja louvado!

Dali a pouco os sinos silenciaram e as padarias fecharam. Pairou no ar uma espécie de alegre encantamento que vinha da fumaça que saía dos fornos. A fumaça quente derretia os montes de neve no calçamento e nesses lugares era como se o próprio chão estivesse cozinhando.

– Existe um sabor especial nesta sua tocha? – perguntou Scrooge.

– Sim, o meu próprio sabor.

– E serve para qualquer tipo de ceia oferecida neste dia?

– Desde que seja dada de coração, especialmente nas ceias dos mais pobres.

– Por que especialmente nas dos mais pobres?

– Porque são os que mais necessitam.

– Espírito – disse Scrooge, após pensar um pouco –, não entendo por que justamente você, entre todos os seres que habitam os diversos mundos que nos cercam, deseja impedir que toda essa gente pobre se divirta um pouco de modo inocente.

– Eu?! – exclamou o Espírito.

– Sim, você impede que jantem aos domingos, que é o único dia da semana no qual eles realmente podem dizer que comem.

– Eu faço isso?! – repetiu o Espírito.

– Não foi você quem proibiu as padarias de abrirem aos domingos? – disse Scrooge. – O resultado é o mesmo.

– *Eu* fiz isso?! – espantou-se o Espírito.

– Desculpe, se estou enganado, mas isso é feito em seu nome, ou em nome de alguém da sua família – disse Scrooge.

– Há certas pessoas neste mundo que dizem que nos conhecem e cometem atos de paixão, orgulho, maldade, ódio, inveja, hipocrisia e egoísmo em nosso nome; mas elas estão tão longe de nós, que é como se nunca houvessem existido. Lembre-se disso e ponha a culpa nelas, e não em nós.

Scrooge prometeu que assim faria, e seguiram adiante, invisíveis como antes, em direção aos subúrbios da cidade.

Uma das qualidades especiais do Fantasma, que Scrooge tinha observado na padaria, era que, apesar de sua gigantesca altura, ele era capaz de entrar com facilidade em qualquer lugar, ficando sob um teto baixo com a mesma elegância que ficaria em um espaçoso salão.

Talvez pelo prazer que o Espírito sentia em exibir esse poder, ou por ser bom e generoso, ou pela simpatia que sentia pelos pobres, o fato é que foi direto para a casa do empregado de Scrooge, com o velho agarrado à sua roupa. Perto dali, parou para abençoar a casa de Bob Cratchit com as gotas abençoadas de sua tocha. Imaginem!, o pobre, que ganhava uma ninharia por semana, ter sua casinha de quatro peças abençoada pelo Espírito do Natal!

Naquele momento, a senhora Cratchit, a mulher de Bob, levantou-se com seu vestido pobre, que já tinha sido virado pelo avesso e enfeitado com rendas – o que custa pouco mas faz um belo efeito –, e estendeu a toalha sobre a mesa, ajudada por Belinda Cratchit, sua segunda filha, que também estava vestida com rendas. Enquanto isso, o jovem Peter Cratchit mergulhava o garfo em uma panela de batatas, ao mesmo tempo em que espichava até a boca as pontas de um colarinho monstruoso (que o pai tinha emprestado para o filho e herdeiro, em homenagem à data), orgulhoso por estar tão elegantemente vestido e louco para exibir seu traje nos parques mais elegantes da cidade. Nesse instante, os dois menores, um garoto e uma menina, entraram aos gritos, anunciando que, ao passar pela porta da padaria, haviam sentido cheiro de frango assado, e estavam certos de que era o deles. Excitados, só de imaginar o cheiro do recheio de sálvia e cebolas, começaram a dançar em volta da mesa, ao mesmo tempo em que elogiavam a elegância de Peter (que não estava inflado de orgulho, embora seu colarinho estivesse a ponto de sufocá-lo), o qual assoprou o fogo até fazer com que as batatas, que antes estavam sossegadas, começassem a saltar loucamente dentro da panela, a fim de escaparem dali e serem logo descascadas.

– Mas cadê o pai de vocês? – disse a senhora Cratchit. – E o irmão de vocês, o pequeno Tim? E Martha? No Natal passado, a esta hora ela já tinha chegado.

– Aqui estou, mamãe! – disse uma garota, aparecendo em seguida.

– Martha chegou, mamãe! – gritaram ao mesmo tempo os dois pequenos. – Viva! Martha, teremos um frango de verdade!

– Meu Deus, minha querida, por que chegou tão tarde? – disse a senhora Cratchit, enchendo a filha de beijos ao mesmo tempo em que a ajudava a tirar o xale e o gorro.

– Tivemos de trabalhar até tarde, ontem à noite – explicou a moça –, e hoje de manhã tivemos de colocar tudo em ordem.

– Bem, o que importa é que você já está aqui – disse a senhora Cratchit. – Sente-se junto ao fogo, minha querida, e se aqueça um pouco.

– Não! Não! – gritaram os dois pequenos, que pareciam estar em toda a parte. – Esconda-se, Martha, esconda-se!

Martha escondeu-se e seu pai, Bob, entrou com pelo menos um metro de cachecol, com uma franja a esvoaçar diante de suas roupas puídas, mas remendadas e escovadas o bastante para torná-lo apresentável.

Nos ombros trazia o pequeno Tim – o pobrezinho! –, carregando uma muleta e com as pernas presas em uma armação de ferro!

– Onde está Martha? – perguntou Bob, olhando em volta.

– Ela não poderá vir – disse a senhora Cratchit.

– Não?! – repetiu Bob, tomado por um súbito desânimo, pois desde a Igreja viera brincando de cavalinho com Tim, chegando em casa aos pulos. – Não poderá vir? Justo no feriado de Natal?

Martha não gostava de ver o pai decepcionado, mesmo que fosse apenas por brincadeira; por isso surgiu repentinamente de trás do armário e correu para os seus braços, enquanto os dois pequenos se apoderaram de Tim e levaram-no até a lavanderia, para que escutasse o pudim borbulhar sobre a caldeira.

– Como o Tim se comportou? – perguntou a senhora Cratchit a Bob, depois de ter rido o bastante da ingenuidade do marido, e deste ter abraçado sua filha até se cansar.

– Muito bem! – respondeu Bob. – Às vezes ele fica sentado sozinho durante muito tempo, pensando as coisas mais estranhas que se possa imaginar. Ele me disse, por exemplo, quando voltávamos para casa, que esperava que as pessoas na igreja tivessem reparado nele e na sua deformidade, porque isso daria a elas o prazer de lembrar, no dia de Natal, daquele que fez o aleijado andar novamente e o cego enxergar outra vez.

A voz de Bob tremia ao dizer isso e ficou ainda mais trêmula quando disse que Tim estava cada vez mais forte e confiante.

Ouviu-se o ruído da muleta no assoalho e o pequeno Tim voltou antes que se dissesse mais uma palavra, ajudado pelos irmãos, que o levaram até perto do fogo. Enquanto isso, Bob, arregaçando as mangas – como se houvesse o risco, coitado, de que os punhos ficassem mais estragados do que já estavam –, começou a preparar em uma jarra uma mistura de gim e limão, que pôs sobre a lareira, após misturar bem, para ferver. O jovem Peter e os dois pequenos agitados saíram para buscar o frango, voltando com ele em uma animada procissão.

Diante de toda aquela balbúrdia, poderia se pensar que frango era a mais rara das aves, perto da qual um cisne negro era algo comum. Mas, na verdade, naquela casa as coisas eram assim mesmo. A senhora Cratchit começou a esquentar o molho que havia preparado antes em uma panelinha. O jovem Peter amassou as batatas com um entusiasmo inacreditável. A senhorita Belinda temperou o molho de maçãs. Martha aqueceu os pratos. Bob colocou Tim a seu lado, em um canto da mesa. Os dois pequenos arrumaram as cadeiras para todos e, montando guarda em seus lugares, enfiaram as colheres na boca, a fim de não gritarem muito antes que chegasse a vez de cada um se servir do frango. Finalmente, trouxeram as travessas e fizeram a oração de graças. Depois houve um momento de silêncio, em que a senhora Cratchit observou atentamente a faca de trinchar, preparando-se para enterrá-la no peito da ave. E, quando isso aconteceu, todos sentiram sair de dentro do frango o cheiro do recheio. Deu para ouvir os suspiros de prazer ao redor do pequeno banquete, e até Tim, estimulado pelos gritos dos dois irmãozinhos, começou a bater na mesa com o cabo da faca e a gritar também um fraco "Viva!"

Nunca houve um frango como aquele. Bob afirmou que jamais comera uma galinha tão bem assada. Sua maciez, aroma, tamanho e baixo preço provocaram enorme admiração. Junto com o molho de maçãs e as batatas, foi suficiente para satisfazer aquela família. Mais que isso – como disse com orgulho a senhora Cratchit, ao ver um pedacinho de osso sobre o prato –, eles nem conseguiram comer tudo! Estavam todos satisfeitos, principalmente os dois pequenos, lambuzados de sálvia e cebola até as sobrancelhas. Enquanto os pratos eram retirados pela jovem Belinda, a senhora Cratchit saiu da sala sozinha – mas ansiosa por ter testemunhas – para ir à cozinha pegar o pudim.

E se ele não estivesse bem cozido? E se quebrasse ao sair da fôrma? E se alguém tivesse saltado o muro e roubado a sobremesa enquanto estavam todos entretidos com o frango? Esta possibilidade deixou os dois pequenos Cratchit brancos, imaginando horrores!

Eis que surgiu uma grande nuvem de vapor! Sim, lá estava o delicioso pudim fora da fôrma, com um agradável cheiro de roupa lavada – era o cheiro do pano que o cobria. Uma mistura de confeitaria, restaurante e lavanderia juntos: era justamente este o

cheiro do pudim! Em meio minuto a senhora Cratchit entrou – vermelha, com um sorriso de orgulho no rosto –, trazendo o pudim, que mais parecia uma bola de canhão toda salpicada, firme e sólida, flambado com um pouco de conhaque e enfeitado com um ramo de Natal.

Oh, que pudim maravilhoso! Bob Cratchit disse isso com toda a serenidade, garantindo que este tinha sido o maior sucesso da senhora Cratchit desde o dia do casamento. Ela afirmou que isso tirava um peso da sua consciência, porque estava em dúvida quanto à quantidade de farinha que tinha usado. Todos disseram alguma coisa sobre o pudim, menos que ele era pequeno demais para uma família tão grande. Na verdade, isso seria a maior ofensa, e qualquer um deles teria ficado vermelho só de pensar algo parecido.

Finalmente, a ceia terminou: a toalha foi retirada, a cinza da lareira, varrida, e um novo fogo foi aceso. Depois que a mistura da jarra foi provada e aprovada, as maçãs e laranjas foram dispostas em cima da mesa e uma porção de castanhas foi colocada no fogo para assar. Em seguida, toda a família reuniu-se ao redor da lareira, naquilo que Bob chamou de uma roda, mas que era, de fato, só um semicírculo. Bob Cratchit apoiou o cotovelo sobre a cristaleira, onde ficavam guardados todos os "cristais" da família: dois copos e uma caneca sem asa. Bob serviu-se deles como se fossem de ouro, enchendo-os diante de olhares radiantes, enquanto, no fogo, as castanhas crepitavam e rachavam ruidosamente. Então, ergueu um brinde:

– Feliz Natal para todos nós, meus queridos! Que Deus nos abençoe!

A família inteira repetiu suas palavras, atrasando-se apenas o pequeno Tim, que exclamou sozinho:

– Deus abençoe cada um de nós!

Ele estava sentado no banquinho ao lado do pai. Bob segurava suas mãozinhas pálidas, e era evidente que amava aquela criança e que a queria ter sempre ao seu lado, temendo muito que um dia a levassem embora.

– Espírito – disse Scrooge, com um interesse que nunca antes tinha sentido –, diga-me se o pequeno Tim vai sobreviver.

– Vejo uma cadeira vazia no canto daquela lareira – disse o Fantasma – e uma muleta sem dono guardada com muito carinho. Se estas sombras permanecerem inalteradas no futuro, a criança morrerá.

– Não, não! – disse Scrooge. – Ah, não, Espírito bom! Prometa-me que ele será poupado!

– Se essas sombras permanecerem inalteradas no futuro – repetiu o Fantasma –, nenhum outro ser de minha raça a encontrará aqui. Mas pouco importa. Se é para morrer, que morra logo, assim diminui o excesso de população!

Scrooge baixou a cabeça ao ouvir suas próprias palavras repetidas pelo Fantasma e sentiu-se cheio de arrependimento e remorso.

– Homem, se o seu coração for humano e não de pedra, esqueça essas palavras cheias de maldade até descobrir o que é "excesso" e onde ele está. Você acha que vai decidir quem deve viver e quem deve morrer? É possível que você mereça menos viver do que milhões de seres iguais ao filho desse pobre homem. Santo Deus!, é insuportável ter que ouvir o inseto na folha decidir que há vida demais entre seus irmãos esfomeados sobre o pó!

Scrooge ficou envergonhado com a crítica e, tremendo, baixou os olhos até o chão. Mas logo ergueu-os de novo, quando ouviu seu nome ser pronunciado.

– Ao senhor Scrooge! – disse Bob. – Um brinde a você, pois sem você não teria havido esta festa!

– A ele? – disse a senhora Cratchit, ficando vermelha. – Gostaria, isto sim, de vê-lo aqui na minha frente e oferecer a ele um pouco do que tenho guardado no cardápio da minha cabeça, e depois perguntar-lhe se gostou do banquete!

– Querida, olhe as crianças! – interrompeu Bob. – Estamos no Natal!

– Sei perfeitamente que estamos no Natal – respondeu ela – pois somente nesta data poderíamos estar brindando à saúde de um homem tão detestável, mesquinho, duro e insensível como o senhor Scrooge. Você sabe disso, Robert, sabe melhor do que ninguém, meu pobre querido!

– Meu bem, hoje é Natal – respondeu Bob, suavemente.

– Que seja, então! Um brinde a ele e ao Natal, embora ele não mereça. Longa vida para ele! Que tenha um feliz Natal e um feliz Ano-Novo! Estou certa de que será muito alegre e muito feliz!

As crianças brindaram junto, mas aquele foi o primeiro momento em que seus corações não bateram com emoção. Tim foi o último a beber, sem o menor entusiasmo. Scrooge era o bicho-papão da família. A simples menção de seu nome foi o bastante para lançar uma sombra sobre a festa, que levou cinco minutos para se desfazer.

Depois que ela se desfez, todos ficaram dez

vezes mais alegres que antes, simplesmente porque o assunto "Scrooge, o Maléfico" estava encerrado. Bob Cratchit disse que tinha um emprego à vista para o jovem Peter, no qual, se desse certo, ele ganharia no mínimo cinco xelins e meio por semana. Os dois pequenos Cratchit acharam muita graça da ideia de Peter virar um homem de negócios, e o próprio Peter ficou olhando pensativamente para o fogo, de dentro do seu colarinho, como se já estivesse programando os investimentos que faria quando começasse a receber aquele espantoso salário. Martha, que era uma pobre aprendiz de costureira, explicou-lhes o tipo de trabalho que fazia, quantas horas trabalhava por dia e como ia ser gostoso poder ficar o dia todo do feriado em sua cama, sem precisar trabalhar. Também disse que havia visto alguns dias antes uma condessa e um lorde, e que ele era "quase tão alto quanto Peter", o que fez Peter puxar seu colarinho para cima com tanta força que ninguém podia ver sua cabeça. Enquanto isso, as castanhas e a jarra continuavam a passar de mão em mão, até que o pequeno Tim começou a cantar, com uma vozinha melancólica e afinada, uma canção que falava de uma criança viajando na neve.

Não havia, entretanto, nada de especial em tudo isso. Esta não era, por certo, uma família de gente bonita: eles não estavam bem-vestidos, seus sapatos eram desconfortáveis, suas roupas apertadas e, além disso, Peter conhecia muito bem uma loja de penhores. Mesmo assim, estavam felizes e satisfeitos com o que tinham, e também uns com os outros, desfrutando juntos aquela data. Quando a visão que Scrooge tinha deles começou a desaparecer, eles pareciam cada vez mais felizes sob o borrifo brilhante da tocha do

Espírito. Scrooge não pôde desgrudar os olhos deles, especialmente do pequeno Tim, até que todos sumiram completamente.

A esta altura, já era noite e nevava muito. Scrooge e o Espírito percorriam as ruas vendo o brilho maravilhoso do fogo que ardia nas cozinhas, nas salas e nas outras peças das casas. Aqui, a luz das velas mostrava os preparativos para um jantar íntimo, com pratos quentes diante do fogo e cortinas vermelhas prontas para serem fechadas, deixando do lado de fora o frio e a escuridão. Logo além, crianças de todas as idades, correndo na neve para dar as boas-vindas às irmãs casadas, irmãos, primos e tios, cada um querendo ser o primeiro a abraçá-los. Mais adiante, as sombras dos convidados que se moviam por trás de persianas abaixadas; e, finalmente, um pouco mais longe, um grupo de belas jovens, de capuzes e botas de pele, falando todas ao mesmo tempo, enquanto saltitavam em um passo alegre em direção a uma casa vizinha – e ai do jovem solteiro que visse entrar assim aquelas jovens ruborizadas, que conheciam bem seus encantos de feiticeiras.

Eram tantas as pessoas a caminho dessas festas, que daria para pensar que não havia ninguém em casa para recebê-las quando chegassem a seu destino, embora, na verdade, tivesse sempre uma alegre turma de convidados à sua espera, com um belo fogo queimando em cada lareira. Ao mesmo tempo, o Fantasma abençoava-os, feliz, descobrindo o seu amplo peito e espalmando suas gigantescas mãos, e assim flutuava, lançando sua luz e sua alegria sobre tudo que estivesse ao seu alcance. Até o acendedor de lampiões – que ia um pouco adiante, salpicando de pintinhas luminosas a escura rua – já estava em traje de festa, pois também ia passar a noite em algum lugar, e riu alto quando o Espírito passou, sem desconfiar que estava na companhia do Natal em pessoa!

Então, sem que o Fantasma avisasse, chegaram a um lugar desértico e sombrio, cheio de sinistros montes de rochas, parecendo um cemitério de gigantes. A água espalhava-se por tudo, ou melhor, se espalharia, se não estivesse congelada, e não havia vegetação alguma por ali, a não ser musgo, limo e um capim duro. O sol poente, a oeste, tinha deixado um traço vermelho e brilhante, que ficou espiando por um momento aquela desolação, feito um olho grande e triste, e em seguida foi se apagando, cada vez mais rápido, até sumir na tristeza da escuridão da noite.

– Que lugar é esse? – perguntou Scrooge.

– O local onde vivem os mineiros que trabalham nas profundezas da terra – respondeu o Espírito. – Mas eles me conhecem, veja!

Uma luz brilhava, vinda da janela de uma cabana, e os dois avançaram rapidamente em sua direção. Após atravessarem uma parede de pedra e barro, encontraram uma animada turma que estava reunida em volta de uma lareira acesa. Era um homem velhíssimo e sua mulher, com seus filhos, e os filhos de seus filhos, e ainda outra geração após esta, todos muito alegres em suas roupas de domingo. O velho cantava para eles uma canção de Natal – que já era velha quando ele era criança –, com uma voz que raras vezes ficava mais alta que o uivo do vento que soprava no deserto lá fora, e todos cantavam juntos, de tempos em tempos, o refrão. Assim que os outros cantavam em coro, a voz do velho ficava mais forte e sonora, mas logo que eles paravam, a força de sua voz diminuía outra vez.

O Espírito não se demorou ali e, após fazer com que Scrooge segurasse firme em sua túnica, deixou o descampado para trás, seguindo adiante. Para o mar?... Isso mesmo, para o mar! Scrooge viu com horror o último pedaço de terra – uma assustadora cadeia de montanhas – desaparecer atrás, enquanto seus ouvidos ensurdeciam-se com o ruído forte das ondas rebentando dentro das cavernas que elas mesmas haviam escavado e agora tentavam destruir com fúria.

A algumas léguas de distância da costa, num recife, havia um farol solitário, batido o ano inteiro pela selvagem força das ondas. Pilhas de algas prendiam-se na parte de baixo, e aves oceânicas – que pareciam filhas do vento, assim como as algas são filhas da água – levantavam voo e desciam aos pés do farol, como faziam as ondas que os pássaros igualmente tocavam.

Mesmo naquele lugar, os dois vigias que cuidavam do farol acenderam um fogo que lançava um raio de luz sobre o mar furioso, através de um buraco feito na grossa parede de pedra. Eles se deram as mãos calosas por cima da mesa rústica onde estavam sentados, desejaram-se um Feliz Natal, brindando com suas canecas de grogue, enquanto o mais velho deles, com o rosto tão enrugado e marcado pelo mau tempo que mais parecia a carranca de algum navio, cantava uma canção que lembrava outra tempestade.

O Fantasma seguiu voando velozmente, ultrapassou o mar negro e agitado e foi sempre em frente, até que aterrissaram em um navio distante de qualquer terra, como informou a Scrooge. Eles pararam ao lado do timoneiro no leme, do vigia na gávea e dos oficiais de plantão, todos vultos escuros e fantasmagóricos, cada qual colocado em seu posto. Cada um assoviava uma canção de Natal, tinha um pensamento festivo, ou comentava com algum colega as boas lembranças de algum Natal passado. Cada homem a bordo, acordado ou adormecido, bom ou mau, tinha uma palavra gentil a dizer para os outros, participando de alguma forma das festividades e se lembrando dos familiares que estavam distantes, mas que também estariam pensando nele.

Scrooge escutava o uivo do vento e pensava no quanto era misteriosa esta sensação de estar se movendo naquela triste escuridão e de ter abaixo de si um abismo desconhecido, cujas profundezas eram tão secretas e impenetráveis quanto a morte, quando foi surpreendido por uma boa gargalhada. Ficou ainda mais surpreso quando reconheceu a gargalhada do seu próprio sobrinho. Viu que estavam agora em uma sala clara, seca e iluminada, e o sorridente Espírito, ao lado, olhava para o seu sobrinho com um olhar de aprovação!

– Há! Há! Há! – ria o sobrinho de Scrooge. – Há! Há! Há!

Se você alguma vez já teve a oportunidade de conhecer um homem capaz de dar uma gargalhada tão abençoada quanto a do sobrinho de Scrooge, tudo o que posso dizer é que também gostaria de conhecê-lo. Apresente-me a ele, e passarei a ser, também, seu amigo.

Graças a alguma lei justa e compensatória desta vida, se por um lado a doença e a tristeza são contagiosas, por outro, também não pode haver nada mais irresistivelmente contagioso do que o bom humor e uma gostosa gargalhada.

Quando o sobrinho de Scrooge começou a rir daquele jeito, com as mãos na cintura, balançando a cabeça, contorcendo o rosto e fazendo as mais estranhas caretas, sua esposa – e, portanto, sobrinha de Scrooge – não se conteve e começou a rir junto. Seus amigos, ali reunidos, também não deixaram por menos e caíram numa gargalhada incontrolável.

– Há! Há! Há! Foi exatamente isto o que ele disse: que o Natal era uma tolice, uma grande tolice! – exclamou o sobrinho de Scrooge. – E o pior é que ele realmente pensa assim!

– Mais um motivo de vergonha para ele, Fred! – disse a sobrinha de Scrooge, indignada.

Benditas e sinceras mulheres, que dizem tudo como é de verdade.

Ela era uma moça bonita; na verdade, extremamente bonita. Seu rosto tinha duas covinhas, um ar surpreso, e seus lábios eram suculentos, feitos para serem beijados – e não restam dúvidas de que o eram, com muita frequência! Ela tinha pintinhas de vários tamanhos no queixo, e todas se juntavam quando ela ria. Seus olhos radiantes eram os mais belos olhos que jamais se viu. O conjunto era o que se poderia chamar de provocante, mas também muito agradável. Sem dúvida alguma, muito agradável!

– Ele é um velho muito engraçado – disse o sobrinho de Scrooge –, essa é que é a verdade, embora não tão simpático quanto poderia ser. Suas agressões acabam sempre voltando contra si mesmo, e eu não tenho nada a dizer contra ele.

– Mas ele é tão rico, Fred! – disse a sobrinha de Scrooge. – Pelo menos foi o que você sempre me disse.

– E daí, minha querida! – disse o sobrinho. – Sua riqueza não lhe serve para nada, nem para fazer um bem qualquer a alguém. Sequer lhe serve para tornar a sua própria vida mais confortável. Não tem nem mesmo a satisfação de pensar que um dia nós é que iremos desfrutar de toda essa fortuna! Há! Há! Há!

– Não tenho a menor pena dele – disse a sobrinha, apoiada por suas irmãs e todas as outras senhoras presentes.

– Pois eu tenho – disse o sobrinho. – Muita pena mesmo! Não poderia zangar-me com ele, ainda que quisesse, pois é ele próprio, afinal, quem paga por todas as suas esquisitices. Por exemplo, botou na cabeça que não gosta de nós, recusando-se a passar o Natal conosco. Qual é a consequência disso? Ele deixou de saborear uma ceia, embora, é verdade, ela não tenha sido lá essas coisas...

– Pois eu acho que ele perdeu uma excelente ceia – interrompeu a sobrinha.

Todos os outros concordaram e eram juízes que sabiam do que estavam falando, pois recém tinham comido a ceia e agora estavam na mesa, perto da lareira, para a sobremesa.

– Ótimo, fico feliz em escutar isso! – disse o sobrinho. – Confesso que não acreditava muito nestas jovens cozinheiras. O que você acha, Topper?

Topper estava visivelmente de olho em uma das irmãs da sobrinha de Scrooge e aproveitou a ocasião para afirmar que um solteiro é um infeliz desconhecedor desses assuntos, não tendo, portanto, direito algum a manifestar sua opinião.

Ao escutar isso, a irmã da sobrinha de Scrooge corou – a gorduchinha com o lenço de renda, e não a outra, enfeitada com rosas.

– Continue, Fred! – insistiu a sobrinha de Scrooge, batendo palmas. – Topper nunca termina o que começa a dizer! Ele é mesmo um sujeitinho irritante!

O sobrinho de Scrooge deu outra de suas gargalhadas contagiantes, e, embora a irmã fofinha tentasse ficar séria, todo mundo riu junto com ele.

– Eu só ia dizer que, por causa de sua antipatia por nós e da sua recusa em participar de nossa festa, ele perde momentos agradáveis que o ajudariam a ser menos raivoso. Também perde uma companhia mais agradável do que a de seus solitários pensamentos, em seu velho e mofado escritório ou naquele lugar empoeirado onde vive. Todos os anos, pretendo lhe dar uma nova oportunidade de ficar conosco nesta data, quer ele queira, quer não, pois tenho pena dele. Enquanto ele insistir em falar mal do Natal e não melhorar em nada a sua opinião, estejam certos de que lá estarei junto a ele, de boa cara, ano após ano, para lhe dizer: "Então, tio Scrooge, como tem passado?" E se isso servir para amolecer o coração dele, pelo menos para que ele deixe de herança ao seu pobre empregado umas cinquenta libras, já terá valido o esforço. E acho que ontem mesmo já o abalei.

Todos caíram na risada, pois não conseguiam imaginar o Scrooge abalado. Como eram muito alegres e riam com facilidade de qualquer coisa, Fred encorajou-os ainda mais, fazendo circular de novo a garrafa, alegremente.

Após o chá, cantaram um pouco, pois aquela era uma família muito musical, e todos sabiam perfeitamente o que estavam fazendo quando começavam a cantar uma peça ou uma canção – especialmente Topper, que sabia rugir sua voz de baixo como ninguém, sem que lhe inchassem as grossas veias do pescoço ou que sua face ficasse vermelha. A sobrinha de Scrooge tocava harpa, e tocou, dentre outras coisas, uma melodia – uma coisinha à toa, dessas que a gente aprende a assoviar em dois minutos – que a criança que ia buscar Scrooge no internato (como ainda há pouco o Espírito dos Natais Passados fez recordar) conhecia muito bem. Enquanto tocavam a música, Scrooge lembrou todas as coisas que o Fantasma havia lhe mostrado, e foi se enternecendo aos poucos. Pensou que, se tivesse tido a oportunidade de escutar aquela canção há mais tempo, poderia ter cultivado com suas próprias mãos as doçuras da vida, para sua própria felicidade, sem ter precisado da pá do sacristão que enterrara Jacob Marley.

Eles não dedicaram a noite inteira à música, passaram em seguida aos jogos de prendas, porque é bom ser criança de vez em quando, e nenhuma ocasião é melhor para isso do que durante o Natal, quando o próprio e suavíssimo Salvador também vira uma criança. Antes de tudo, brincaram – é claro! – de cabra-cega. E, para ser franco, eu não acredito que Topper estivesse realmente cego, pois parecia enxergar até através das botas. Na minha opinião, tudo aquilo foi combinação dele com o sobrinho de Scrooge, além da participação do Espírito do Natal Presente. O jeito com que ele correu atrás da irmã fofinha de lenço rendado foi uma verdadeira ofensa à credulidade humana: esbarrando nos atiçadores da lareira, tropeçando nas cadeiras, trombando com o piano, enrolando-se todo nas cortinas – onde quer que ela fosse, lá estava ele! Sabia sempre onde a gordinha estava, sem perseguir mais ninguém. Você podia até tentar esbarrar nele de propósito, como fizeram alguns, que ele dava um jeito de desviar de você, desafiando a sua inteligência ao fingir que tentara apanhá-lo, e imediatamente voltava a deslizar na direção da irmã fofinha. Ela gritou várias vezes que aquilo não era justo. E não era mesmo. Quando finalmente ele a alcançou e, apesar de todo o farfalhar de seu vestido de seda e das suas rápidas fugidas, encurralou-a em um canto de onde não havia como fugir, ele comportou-se de uma maneira realmente horrível. Fingiu que não tinha percebido que era ela e, como se fosse obrigado a isto, começou a apalpar os seus cabelos; depois, para se certificar, apertou ainda um anel que estava em seu dedo e um colar que estava em seu pescoço. Foi vil e monstruoso! Com certeza foi isso que ela lhe disse quando os dois puderam ter uma conversa particular atrás das cortinas, enquanto outro tomava o lugar dele.

A sobrinha de Scrooge não participou da brincadeira, ficou confortavelmente sentada em uma poltrona no canto, com os pés em um banquinho. Scrooge e o Espírito estavam bem ao seu lado. Mas ela foi perfeita na brincadeira das prendas, e todos admiraram a sua habilidade com as letras do alfabeto e o seu desempenho no jogo de adivinha: derrotou facilmente as suas irmãs – embora elas fossem bem espertas, como Topper poderia confirmar a vocês – para a disfarçada alegria do sobrinho de Scrooge. Havia mais ou menos vinte pessoas na sala, jovens e velhos, mas todos participaram dos jogos, inclusive o próprio Scrooge. Esquecido de que ninguém podia escutá-lo, ele também gritou os seus palpites, que às vezes eram errados de propósito, e outras vezes absolutamente corretos, pois ele tinha uma cabeça muito esperta, quando queria passar a perna nos outros.

O Fantasma ficou muito satisfeito ao ver Scrooge assim tão animado e observava-o com tanta simpatia que ele, como uma criança, pediu para ficar até que todos os convidados tivessem ido embora. Mas o Espírito disse que não seria possível.

– Mas vai começar um novo jogo! – disse Scrooge. – Mais meia hora, Espírito, só mais meia horinha!

O jogo chamava-se "Sim e Não", e nele o sobrinho de Scrooge tinha que pensar em algo que os outros deviam adivinhar, fazendo perguntas, e ele só podia responder sim ou não.

Os participantes fizeram uma chuva de perguntas e conseguiram descobrir que ele estava pensando em um animal. Que era um animal desagradável e selvagem, um animal que às vezes grunhia e rosnava e outras vezes falava, que vivia em Londres, andava pelas ruas, mas não fazia parte de nenhum espetáculo, nem pertencia a ninguém. Não morava em um zoológico, nem nunca tinha sido morto para ser vendido em um açougue; não era um cavalo, nem um burro, nem um touro, nem um tigre, nem um cão, nem um porco, ou um gato ou um urso. Cada vez que faziam uma nova pergunta, o sobrinho rolava de rir, tanto que a certa altura, começou a sufocar, e foi obrigado a se levantar do sofá e sapatear no chão. Finalmente, a irmã fofinha também teve um ataque como o dele e deu um berro:

– Já sei! Descobri o que é, Fred!

– O que é? – perguntou Fred.

– É o seu tio Scroooooge!

Ela acertou em cheio. Todos ficaram admirados, embora alguém tivesse reclamado que a resposta à pergunta "é um urso?" devia ter sido "sim", porque o não só serviu para desviar os pensamentos do senhor Scrooge, se eles tivessem pensado nele.

– Mas vocês têm que concordar que ele nos divertiu tanto que seríamos mal-agradecidos se não fizéssemos um brinde à sua saúde. Levantem as taças e repitam: à saúde do tio Scrooge!

– Muito bem! À saúde do tio Scrooge! – gritaram todos.

– Um Feliz Natal e um Feliz Ano-Novo para o velho, de qualquer modo! – disse o sobrinho de Scrooge. – Ele não quis aceitar meu brinde, mas mesmo assim aqui vai ele: ao tio Scrooge!

A esta altura, o tio Scrooge já estava de coração tão leve e alegre que, se o Fantasma lhe desse tempo, seria capaz de retribuir o brinde às pessoas à sua volta com um discurso que ninguém ia poder ouvir. Mas tudo sumiu junto com as últimas palavras do sobrinho, e recomeçaram a viagem.

Viram diversas coisas e foram muito longe, visitando muitas casas, sempre com um final feliz. O Espírito parou ao lado da cama dos doentes, e eles ficaram contentes; parou ao lado de homens que estavam em terras estrangeiras, e eles sentiram-se em casa; visitou homens que estavam lutando, e eles renovaram as suas esperanças; aproximou-se dos pobres, e eles sentiram-se ricos; nos albergues, hospitais e prisões – em cada lugar onde havia sofrimento, onde a mesquinha autoridade dos homens não tinha batido a porta na cara do Espírito de Natal, ele deixou sua benção, ao mesmo tempo ensinando a Scrooge a sua lição.

Foi uma noite longa, se é que foi uma única noite; Scrooge duvidava disso, já que o feriado de Natal e Ano-Novo parecia ter acontecido no espaço de tempo em que estiveram juntos. Outra coisa estranha foi que, enquanto Scrooge ficou igual, o Espírito, ao contrário, ficou visivelmente mais velho. Scrooge notou essa mudança, mas preferiu não falar nada, até o momento em que estavam saindo de uma festa infantil de Dia dos Reis, e ele percebeu, à luz do dia, que os cabelos do Espírito estavam completamente brancos.

– A vida dos espíritos é tão curta assim? – perguntou Scrooge.

– A minha vida aqui neste planeta é muito curta – respondeu o Fantasma. – Acaba esta noite.

– Esta noite? – exclamou Scrooge.

– Exatamente à meia-noite. Por isso, vamos, pois não temos muito tempo!

Os sinos bateram quinze para a meia-noite.

– Desculpe se minha pergunta lhe ofende, mas estou vendo algo estranho, que não faz parte de seu corpo, saindo para fora de sua roupa. É um pé ou uma garra? – perguntou Scrooge, olhando para a túnica do Espírito.

– Poderia ser mesmo uma garra, mas coberta de carne – respondeu o Fantasma, triste. – Veja só.

Das dobras de sua túnica retirou, então, duas crianças esfarrapadas, repulsivas, medonhas e miseráveis. Elas se ajoelharam aos seus pés, agarrando a bainha da sua roupa.

– Olhe, homem! Veja isto! – exclamou o Fantasma.

Era um garoto e uma menina amarelos, raquíticos, esfarrapados, mal-encarados, esfomeados e quase desmaiando. Em vez da graça da infância ter desenhado os seus rostos, colorindo com suas alegres tintas, a mão enrugada da velhice os destruiu, transformando-os em pobres farrapos. Onde deveria haver anjos sentados em seus tronos, havia demônios com olhares sinistros. Nenhuma alteração, degradação ou perversão humana nos mistérios e maravilhas do universo poderia ter criado monstros tão horríveis e assustadores.

Scrooge deu um passo para trás, horrorizado. Ele ainda tentou dizer que eram belas crianças, apesar de ter sido apresentado a elas daquele modo, mas as palavras recusaram-se a sair de sua boca, e ele não conseguiu dizer uma mentira tão grande.

– São seus filhos, Espírito? – Scrooge conseguiu dizer.

– São os filhos do Homem – respondeu o Fantasma, olhando para elas. – Eles se prendem a mim, porque têm medo dos pais. O menino é a Ignorância, e a menina, a Necessidade. Cuidado com os dois, mas principalmente com o garoto, pois em sua testa estará sempre escrita a palavra Perdição, a menos que alguém resolva apagá-la. Negue-a! – gritou o Espírito, apontando para a cidade. – Não a aceite nunca. Se fingir que a aceita, por algum motivo, mesmo pensando em seus próprios interesses, tornará as coisas ainda piores. E aguarde, então, o castigo!

– Mas eles não têm para onde ir ou quem os ajude! – indignou-se Scrooge.

– Ora, mas não há prisões? – disse o Espírito a Scrooge, pela última vez, usando suas próprias palavras. – Não há casas para trabalhos forçados?

Os sinos bateram a meia-noite.

Scrooge procurou pelo Fantasma, mas não o viu mais. E assim que a última badalada soou, ele lembrou da profecia do velho Jacob Marley. Então, erguendo os olhos, viu um Fantasma solene, todo encapuzado, que vinha em sua direção como uma névoa que desliza pelo chão.

Capítulo IV

O último dos espíritos

O Fantasma se aproximou devagar, sério e silencioso. Quando chegou mais perto, Scrooge caiu de joelhos, pois o próprio ar em que se movia parecia misterioso e ameaçador. Ele estava enrolado em uma roupa longa e preta que tapava a sua cabeça, seu rosto e seu corpo, deixando à mostra somente uma mão estendida. Se não fosse isso, teria sido difícil vê-lo naquela escuridão.

Quando ele se aproximou, Scrooge viu que era alto e imponente e ficou apavorado. Nada mais pôde descobrir, porque o Espírito não falou nem se moveu.

– Estou diante do Espírito dos Natais Futuros? – perguntou Scrooge.

Ele não respondeu, apenas apontou para a frente com a mão.

– Você vai me mostrar as sombras de coisas que ainda não aconteceram, mas que vão acontecer no futuro? É isso, Espírito? – prosseguiu Scrooge.

A parte de cima da roupa do Espírito se mexeu,

como se ele tivesse inclinado a cabeça, e esta foi sua única resposta.

Mesmo já estando acostumado com a companhia dos fantasmas, Scrooge ficou com tanto medo da figura silenciosa que sentiu as pernas tremerem, e quando se preparou para segui-lo, descobriu que mal conseguia ficar em pé. O Espírito esperou um momento, como se observasse Scrooge, dando-lhe um tempo para se recuperar.

Scrooge sentiu-se ainda pior depois disso. Ele ficou aterrorizado com os dois olhos fantasmagóricos que o observavam, por trás daquele capuz negro. Por mais que tentasse, só conseguia ver uma mão descarnada e uma grande sombra parada na sua frente.

– Espírito do Futuro! – exclamou Scrooge. – Você me assusta mais do que qualquer outro dos fantasmas que vi. Sei que você só quer me fazer o bem, e espero viver ainda para poder me tornar um homem diferente do que fui até hoje. Estou pronto a acompanhá-lo e farei isso de coração agradecido. Não deseja falar comigo?

Não houve resposta; a mão apenas apontou, outra vez, para a frente.

– Então me mostre o caminho! A noite está acabando, e o meu tempo é precioso. Vamos, Espírito! – disse Scrooge.

O Fantasma se moveu da mesma maneira que fez quando chegou. Scrooge seguiu a sombra de sua túnica e teve a sensação de que ela o levantou no ar e o transportou.

Mal entraram na cidade, Scrooge teve a impressão de que a cidade é que veio até eles e os envolveu.

Estavam bem no centro dela, perto da Bolsa, no meio dos homens de negócios que corriam de lá para cá, fazendo tilintar o dinheiro em seus bolsos e conversando em grupos, olhando a todo o instante para seus relógios e brincando distraidamente com seus grandes sinetes de ouro, como Scrooge já estava acostumado a ver.

O Espírito parou ao lado de um desses pequenos grupos. Ao ver que sua mão apontava para eles, Scrooge aproximou-se para escutar o que diziam.

– Não, não sei dizer os detalhes, só sei que ele morreu – dizia um sujeito gordo, com uma papada monstruosa.

– Mas quando? – perguntou o outro.

– Parece que foi na noite passada.

– Mas o que houve com ele? Parecia que nunca ia morrer – perguntou um terceiro, tirando uma pitada de rapé de uma caixa enorme.

– Deus é quem sabe... – disse o primeiro, bocejando.

– E para quem será que ele deixou o seu dinheiro? – perguntou um cavalheiro de rosto vermelho com uma verruga pendurada na ponta do nariz, que ele sacudia como o peru sacode a sua crista.

– Não sei. Imagino que tenha deixado para a firma. Para *mim*, pelo menos, tenho a certeza que não foi – disse o homem do papo enorme, com outro bocejo.

Esta piada foi recebida com risadas.

– Provavelmente será um enterro bem mixuruca – disse o mesmo homem que tinha falado antes. – Aposto a minha cabeça, e desconheço quem pretenda ir. Que tal formarmos um grupo para ir até lá?

– Por mim tudo bem, desde que me paguem o almoço – disse o cavalheiro da verruga no nariz. – Se preciso ir, que seja bem alimentado.

Outra gargalhada.

– Bem, parece que sou o mais desinteressado de todos – disse o que falou primeiro –, pois não costumo usar luvas pretas e nem almoçar. Estou disposto a ir, se mais alguém vier comigo. Pensando bem, talvez eu fosse seu maior amigo, porque sempre que cruzávamos um com o outro parávamos para trocar algumas palavras. Até mais, cavalheiros.

O grupo se dissolveu, misturando-se com outros grupos. Scrooge conhecia todos e olhou para o Espírito, querendo uma explicação.

O Fantasma deslizou em direção à outra rua e apontou para duas pessoas que recém haviam se encontrado. Scrooge prestou atenção novamente, imaginando que ali encontraria uma resposta.

Ele também conhecia os dois homens perfeitamente. Eram negociantes muito ricos e importantes, e Scrooge sempre fizera o possível para ter boas relações com eles. Boas relações de negócios, é claro.

– Olá, como vai? – perguntou o primeiro.

– Bem, e você? – respondeu o outro.

– Muito bem! Então, aquele velho pão-duro teve finalmente o que merecia, hein? – disse o primeiro.

– Sim, eu soube. Mas que dia frio, hoje, não acha? – disse o segundo.

– Como sempre faz nesta época... Não vai aproveitar para patinar?

– Ah, não. Tenho muito o que fazer. Um bom dia!

E não disseram mais nenhuma palavra.

Scrooge primeiro ficou espantado com a importância que o Espírito dava a essas conversas que pareciam tão normais. Mas tinha certeza de que elas deveriam ter algum sentido oculto, e começou a matutar qual seria ele. Dificilmente teriam algo a ver com a morte de seu velho sócio Jacob, porque ela pertencia ao Espírito dos Natais Passados, e este Espírito cuidava do Futuro. E não conseguia lembrar de algum conhecido que pudesse ser a pessoa de quem estavam falando. De qualquer modo, sabia que ali tinha alguma lição que serviria para o seu bem no futuro. Por isso, Scrooge decidiu guardar na memória tudo o que tinha visto e ouvido e, principalmente, observar bem a sua própria sombra, quando ela aparecesse, pois esperava que seu jeito de se comportar no futuro lhe ajudasse a solucionar o enigma.

Olhou em volta, procurando-a por toda parte, mas um outro homem estava no local onde ele, Scrooge, costumava ficar. Embora o relógio já tivesse marcado a hora em que ele costumava estar no escritório, não viu nenhuma imagem sua na multidão que entrava no saguão. Isso não o deixou muito surpreso, pois já tinha decidido mudar de vida, e o fato de não estar ali podia significar que os seus planos tinham dado certo.

Silencioso e sombrio, o Fantasma permanecia ao seu lado com a mão estendida. Quando Scrooge voltou de seus pensamentos, percebeu, pela direção da mão e pela posição do Espírito, que seus olhos invisíveis estavam fixos nele. Sentiu um arrepio e ficou com uma enorme sensação de frio.

Afastaram-se daquele ambiente agitado e foram para uma parte desconhecida da cidade, onde Scrooge nunca tinha ido, mas sabia onde ficava e também a sua má fama. As ruas eram imundas e estreitas, e as lojas e casas estavam em ruínas. As pessoas eram subnutridas, embriagadas, maltrapilhas e feias. Vielas e portas vomitavam para as ruas apinhadas seus restos imundos. O bairro todo cheirava a crime, imundície e miséria.

Nas profundezas desse lugar horrível, havia uma loja de teto baixo, protegida por um frágil telhado, onde se vendiam ferro-velho, trapos, garrafas vazias, ossos e restos de sebos dos açougues. Dentro dela, sobre o chão, havia pilhas de chaves enferrujadas, pregos, ganchos, dobradiças, fichários, balanças, pesos e toda a espécie de ferro-velho. Objetos que poucos teriam interesse em comprar escondiam-se em montanhas de farrapos, tonéis de sebo estragado e ossos. Sentado no meio de suas mercadorias, ao lado de um fogareiro a carvão feito de tijolos velhos, estava um homem grisalho, próximo dos setenta anos de idade, que se protegia do vento gelado atrás dos restos bolorentos de uma cortina toda remendada, pendurada em uma corda. Tranquilamente, como se estivesse em um luxuoso refúgio, ele fumava cachimbo.

Bem na hora em que Scrooge e o Fantasma se aproximaram, entrou na loja uma mulher carregando um pacote pesado. Logo atrás dela surgiu outra com um pacote parecido e mais um homem com uma roupa preta desbotada, que ficou tão surpreso ao vê-las quanto elas ficaram ao verem uma à outra. Após um momento de espanto, durante o qual o velho do cachimbo se aproximou deles, os três caíram na gargalhada.

– Pode atender a faxineira em primeiro lugar! – exclamou a mulher que tinha chegado na frente. – Depois, a lavadeira, e o homem da funerária fica por último. Mas que coincidência, velho Joe! Nós três aqui, sem termos combinado nada!

– Não poderiam ter escolhido um local melhor – disse o velho, tirando da boca o cachimbo. – Vamos, passem logo para a sala de visitas; vocês já são de casa. Esperem, enquanto eu fecho a porta da loja. Oh, como range! Aposto que não há metal mais enferrujado dentro desta loja inteira do que estas dobradiças! Nem ossos mais velhos aqui dentro do que os meus. Há! Há! Afinal, tudo aqui deve combinar e estar de acordo com o que fazemos. Mas entrem, vamos!

Foram para a sala, que ficava atrás da cortina de trapos. O velho atiçou o fogo com um pedaço de corrimão, avivou a lamparina com o tubo do cachimbo e recolocou-o na boca.

Enquanto isso, a mulher que tinha falado jogou o pacote no chão e sentou-se de qualquer jeito em um banquinho. Depois apoiou os cotovelos sobre os joelhos e ficou observando os outros com um ar de desafio.

– Qual é o problema, senhora Dilber? – disse a outra mulher. – Todo mundo tem o direito de pensar em si mesmo. Ele sempre foi assim.

– É verdade! – disse a lavadeira. – Ninguém pensou mais em si mesmo do que ele.

– Então por que está aí parada, criatura, me olhando com esta cara de espanto? Ninguém aqui é santo! Não vamos começar a jogar pedras uns nos outros, não é?

– Claro que não! – disseram juntos a senhora Dilber e o homem. – Nem pensar!

– Muito bem, então! – disse a mulher. – Não se fala mais nisso! A quem, afinal, vão fazer falta estas bugigangas? A um morto é que não...

– Certamente não! – disse a senhora Dilber, rindo.

– Se aquele maldito velho sovina queria guardar estas coisas para depois da morte, por que não levou a vida de um jeito mais normal? Pelo menos teria tido alguém ao seu lado na hora da morte, e não teria ficado sozinho na cama, naquela agonia, até se acabar! – continuou a mulher .

– Você tem toda a razão! – disse a senhora Dilber. – Foi um castigo para ele.

– Eu gostaria que fosse um castigo um pouco maior – disse a mulher. – E teria sido, vocês podem ter certeza, se eu tivesse tido tempo de pegar mais alguma coisa. Vamos com isso, Joe! Abra logo este pacote e diga o quanto ele vale. Fale abertamente, pois eu não tenho medo de ser a primeira, nem de que vejam o que eu peguei. Nós todos sabíamos muito bem que cada um de nós ia pegar o que pudesse antes de vir para cá. Não é pecado nenhum. Abra o pacote, Joe.

Mas a delicadeza de seus amigos não permitiu que fizesse isso. O homem de terno desbotado se adiantou e mostrou o que tinha pegado. Não era muita coisa. Um ou dois berloques, um estojo de lápis, um par de abotoaduras e um broche vagabundo. Todos os objetos foram examinados e avaliados cuidadosamente por Joe, que anotava com um pedaço de giz na parede o preço que pretendia pagar por cada peça, e somou tudo quando viu que não havia mais nada.

– Isto é o que eu posso lhe pagar – disse Joe. – Nem que me fervessem em uma panela eu pagaria mais. O próximo!

Era a vez da senhora Dilber. Lençóis e toalhas, umas roupas amarrotadas, duas antiquadas colherinhas de chá, pinças de açucareiro e algumas botas. Sua conta foi escrita a giz na parede, da mesma forma.

– Sempre pago um pouquinho mais para as damas. É uma velha fraqueza, que um dia ainda vai me arruinar – disse o velho Joe. – Aqui está sua conta. E se você me pedir um xelim a mais, eu desisto de ser tão generoso e baixo o valor.

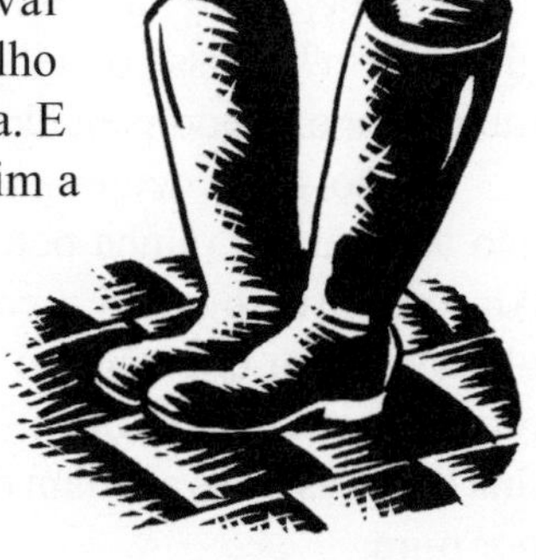

– Agora abra a minha trouxa, Joe – disse a primeira mulher.

O velho ajoelhou-se para abri-la com mais facilidade e, depois de desatar vários nós, puxou de dentro um grande e pesado rolo de um tecido escuro.

– O que é isso? Uma cortina de cama! – exclamou.

– Há! Há! Uma cortina de cama! – disse a mulher, rindo e cruzando os braços.

– Você quer dizer que arrancou as cortinas da cama dele? Vai dizer que tirou as cortinas da cama dele, com argolas e tudo, enquanto ele estava lá, deitado e sem vida?

– Claro! Por que não? – respondeu a mulher.

– Você nasceu para ser rica. E certamente será – disse Joe.

– Não tenha dúvida de que não ficarei com as mãos paradas quando puder conseguir algo com elas toda vez que cruzar com um sujeito como aquele – respondeu friamente a mulher. – Ei, cuidado para não derramar azeite sobre os cobertores!

– Os cobertores dele?

– E de quem mais você pensava que fossem? – replicou a mulher. – Ele não vai pegar mais nenhum resfriado sem eles, posso lhe garantir.

– Espero que não tenha morrido de algo contagioso, hein? – disse o velho Joe, interrompendo seu trabalho e olhando para ela.

– Não se preocupe – respondeu a mulher. – Eu não arriscaria a minha pele por causa destas coisas. Ah, está investigando a camisa? Pode olhar até os olhos doerem que não vai encontrar nem um único remendo ou buraco. Era a sua melhor camisa, a mais fina de todas. Eles a teriam desperdiçado, se não fosse por mim.

– Desperdiçado? Como assim? – perguntou o velho Joe.

– Colocariam a camisa nele para o enterro! – respondeu a mulher, com uma gargalhada. – Sempre há um idiota para ter uma ideia dessas, mas eu a salvei antes. Se a chita não presta para isso, então não presta para mais nada. Caiu como uma luva para aquele corpo. Ele não poderia ficar mais feio.

Scrooge escutou este diálogo horrorizado. Enquanto todos estavam agrupados em torno das suas coisas, sob a luz fraca da lamparina do velho, ele olhou para eles com ódio e desgosto, como se estivesse diante de um bando de demônios obscenos, negociando seu próprio cadáver.

– Há! Há! Há! – gargalhou ainda a mesma mulher quando o velho Joe, após pegar uma bolsinha de flanela, começou a pagar a cada um ali mesmo, no chão. – E este é o fim de tudo! Quando vivo, ele gostava de meter medo em todo mundo, mas agora, com a sua morte, quem lucrou fomos nós!

– Espírito! – disse Scrooge, tremendo dos pés à cabeça. – Já entendi! Eu já entendi! O meu fim poderá vir a ser igual ao desse desgraçado, se eu seguir com a vida que tenho tido!... Mas meu Deus, o que é isso, agora?

Deu um passo para trás, aterrorizado, pois a cena havia mudado. Ele estava quase encostado em uma cama, uma cama nua e sem cortinas, na qual, debaixo de um lençol rasgado, havia alguma coisa que, mesmo em silêncio, já anunciava a sua terrível aparência.

O quarto estava escuro demais para que se pudesse ver alguma coisa, mas Scrooge olhou ao redor, obedecendo a um impulso secreto, ansioso para saber a quem aquele quarto pertencia. Uma luz fraca, vinda de fora, caía diretamente sobre a cama. Em cima dela, despido, sozinho e abandonado, sem ninguém por perto para chorar ou velar por ele, estava o cadáver de um homem.

Scrooge olhou para o Fantasma; sua mão apontava com firmeza para a cabeça do morto. A coberta estava jogada por cima dele de um modo tão desleixado que bastaria um leve movimento do dedo de Scrooge para descobrir o rosto. Mas ele não tinha força para erguer o véu, tanto quanto não tinha poder para expulsar o Espírito do seu lado.

Oh, Morte fria, rígida e terrível, faz aqui o teu altar, enfeitado com todos os terrores que estão sob o teu comando, pois este é o teu domínio! Quando um morto é amado, reverenciado e honrado, tu não consegues tocar em um único fio de cabelo dele para alcançar teus perversos objetivos, nem tornar odiosas as feições de alguém. Quando tu chegas, não importa que o pulso e o coração não batam, nem que a mão esteja pesada e imóvel, mas que tenha sido aberta, generosa e sincera, que o coração tenha sido corajoso, sincero e afetuoso, e que o pulso tenha sido o de um homem. Podes golpear, Sombra, golpeia à vontade! E das feridas que fizeres verás jorrar apenas as boas ações que semeiam no mundo a vida imortal!

Nenhuma voz disse estas palavras no ouvido de Scrooge, mas ele as ouviu na mesma hora em que viu a cama. Pensou, então: se esse homem pudesse levantar-se agora, quais seriam seus pensamentos? Avareza? Intransigência? Ambição exagerada? Tudo isso acabou por levá-lo, realmente, a um belo fim!

Agora ele estava na casa escura e vazia, sem um homem, mulher ou criança para lhe dizer: "Ele foi tão bom para mim, uma vez!", ou "Em retribuição às suas boas palavras, agora vou cuidar dele". Um gato arranhou a porta, enquanto se ouvia um ruído de ratos roendo atrás da pedra da lareira. O que procuravam naquele quarto de morte e por que estavam tão irrequietos e perturbados? Scrooge não conseguia entender.

– Espírito! Esse lugar é pavoroso. Acredite, quando sair daqui não esquecerei jamais a lição que aprendi. Por favor, vamos embora!

Mas o dedo imóvel do Fantasma continuava a apontar para a cabeça do morto.

– Já entendi o que você quer! Eu faria isso, se pudesse. Mas não tenho coragem, Espírito! Não tenho coragem! – respondeu Scrooge.

Novamente ele teve a impressão de estar sendo observado.

– Se houver alguém nesta cidade que sinta alguma emoção por causa da morte deste homem – disse Scrooge, completamente agoniado –, mostre-me essa pessoa, eu lhe imploro!

O Fantasma abriu por um momento as dobras de sua roupa negra, como se fosse uma grande asa, e quando a fechou novamente, apareceu um quarto iluminado pela luz do dia, onde estavam uma mulher e seus filhos.

Ela aguardava alguém, com grande ansiedade, andando de um lado para o outro. Cada vez que escutava um ruído na rua, sentia um sobressalto, corria para espiar na janela e olhava o relógio. Às vezes tentava distrair-se com um bordado, mal conseguindo escutar as vozes das crianças que brincavam.

Ao final dessa longa espera, ouviu alguém bater. Correu para a porta para receber o marido, um homem jovem, mas com o rosto cansado e deprimido. Havia uma expressão diferente nele, uma espécie de alívio que o envergonhava, e que ele tentava a custo não sentir.

Sentou-se para jantar na mesa que fora arrumada junto à lareira. Após um longo silêncio, quando sua esposa perguntou, com uma voz tímida, o que havia de novo, ele ficou envergonhado demais para responder.

– Boas ou más notícias? – ela perguntou, tentando ajudar.

– Más.

– Estamos completamente arruinados?

– Não, ainda há uma esperança, Caroline.

– Se ele tiver um pouco de piedade, eu acredito! – disse ela, assustada. – Se mantivermos a esperança, pode acontecer um milagre, não é?

– Ele não está mais em condições de sentir piedade – disse o marido. – Ele está morto.

Embora o rosto dela demonstrasse que era uma criatura doce e paciente, nem por isso deixou de sentir um imenso alívio em seu coração ao escutar essa notícia, e fez isso juntando as mãos. Logo em seguida, porém, arrependeu-se, e pediu que Deus a perdoasse. Mas a primeira emoção foi a verdadeira.

– Então era verdade o que aquela mulher meio bêbada me disse ontem quando tentei vê-lo para pedir mais uma semana de prazo. Pensei que fosse uma desculpa para se livrar de mim. Mas não, ele não só estava doente, como estava à beira da morte.

– Quem ficará encarregado de cobrar nossa dívida?

– Não sei. Antes disso daremos um jeito de arrumar o dinheiro. Mesmo que não consigamos, será muito azar encontrarmos outro homem tão impiedoso. Esta noite, pelo menos, poderemos dormir com o coração um pouco mais leve, Caroline!

E assim foi. Mesmo que quisessem negar, seus corações estavam mais leves. As crianças reuniram-se em volta deles, com as faces radiantes, para escutar aquelas coisas das quais entendiam tão pouco. Aquela casa tornara-se feliz por causa da morte de um homem! E o único sentimento que o Fantasma pôde mostrar, provocado por aquele acontecimento, foi o de alegria.

– Mostre-me algum sentimento de piedade ligado à morte daquele homem – pediu Scrooge –, caso contrário, aquele quarto jamais vai sair de minha memória.

O Espírito o levou através de diversas ruas que ele já conhecia. Enquanto avançavam, Scrooge olhava para todos os lados, procurando a si mesmo, mas não conseguia enxergar-se em lugar algum. Entraram, finalmente, na pobre casa de Bob Cratchit, a mesma que ele tinha visitado antes. A mãe e as crianças estavam sentadas em volta do fogo.

Havia silêncio; um grande silêncio. Até os dois pequenos e barulhentos Cratchit estavam imóveis em um canto, feito estátuas, de olhos fixos em Peter, que segurava um livro. A mãe e as filhas costuravam, mas em completo silêncio.

– "Então Ele pegou a criança e colocou-a entre eles."

Onde Scrooge tinha ouvido essas palavras? Não havia sonhado. O rapaz devia ter lido em voz alta enquanto ele e o Espírito se aproximavam. Por que tinha parado?

A mãe largou o bordado sobre a mesa e cobriu o rosto com as mãos.

– As cores estão fazendo mal aos meus olhos... – disse.

As *cores*? Pobrezinho do pequeno Tim!

– Logo estarão melhores – disse a mulher de Cratchit. – Faz mal forçar os olhos com esta lamparina. E não quero, por nada neste mundo, que o pai de vocês me veja com os olhos neste estado, quando voltar. Ele já deve estar quase chegando.

– Já está atrasado – respondeu Peter, fechando o livro. – Mas acho que ele tem andado um pouco mais devagar nos últimos dias, mamãe.

Ficaram todos quietos, outra vez. De repente, porém, ela disse, em uma voz firme e alegre, que só tremeu uma vez:

– Mas muitas vezes o vi andando rapidamente com... com o pequeno Tim sobre os ombros.

– Eu também! – gritou Peter. – Diversas vezes.

– Eu também! – exclamou outro.

Todos, afinal, tinham visto.

– Na verdade, ele era tão levezinho – disse ela de novo, voltando ao trabalho –, e seu pai o amava tanto, que nem sentia o seu peso. Mas, vejam, ele está chegando!

Todos correram ao encontro de Bob, enrolado em seu cachecol – que era muito necessário, coitado! O chá estava pronto, à sua espera, e todos se adiantaram para servi-lo. Depois, os dois pequenos foram para o seu colo e repousaram a cabeça em seus ombros; um de cada lado, encostaram seus rostinhos ao do pai, como se quisessem dizer: "Não fique assim, papai, não se aflija tanto".

Bob sentiu-se reconfortado e tentou ser agradável com toda a família. Olhou o trabalho em cima da mesa e elogiou a rapidez e o cuidado da senhora Cratchit e das meninas.

– Do jeito que está indo, vão acabar antes do domingo – afirmou.

– Domingo! Então você foi hoje, Robert? – disse a esposa.

– Sim, minha querida – respondeu Bob. – Gostaria que você também tivesse podido ir. Ia lhe fazer bem ver como aquele lugar é tão verde. Mas você o verá. Prometi a ele que eu iria num domingo. Meu filhinho, meu pobre filhinho!

E Bob caiu, afinal, no choro. Achou que se continuasse a segurar as lágrimas por mais tempo, acabaria se sentindo ainda mais distante do filho.

Saiu da sala e subiu para o quarto, que estava alegremente iluminado e decorado para o Natal. Havia uma cadeira colocada ao lado da criança, indicando que alguém recém estivera ali. O pobre Bob sentou-se e, após pensar um pouco e se recompor, deu um beijo naquele rostinho. Mais confortado, voltou para a sala com um ar sereno.

Reuniram-se ao redor do fogo e conversaram, enquanto as meninas e a mãe retomaram o trabalho. Bob falou da extraordinária gentileza do sobrinho do senhor Scrooge, o qual, apesar de tê-lo visto somente uma vez, percebeu que estava triste. "Bem, estou só um pouquinho abatido, é verdade", disse Bob, e ele lhe perguntou o que tinha acontecido.

– Expliquei tudo, então, porque ele é o cavalheiro mais amável do mundo. E ele me disse: "Sinto muitíssimo, senhor Cratchit, pelo senhor e pela sua bondosa mulher". Entretanto, até agora não descobri como ele sabe disso.

– Sabe o quê, meu querido?

– Que você é uma mulher bondosa.

– Ora, todos sabem! – exclamou Peter.

– Muito bem observado, meu filho! Acho que todos sabem. Em seguida, ele me entregou o seu cartão e disse: "Se eu puder lhe ser útil de alguma maneira, aqui está meu endereço. Por favor, me procure". Sabem, achei tudo tão bom não tanto pelo oferecimento que ele fez, mas pelo seu jeito delicado. Parecia até que tinha conhecido o nosso pequeno Tim, e agora estava sofrendo conosco.

– Estou certa de que é uma boa alma – disse a senhora Cratchit.

– Estaria ainda mais certa, querida, se tivesse visto e falado com ele. Eu não ficaria surpreso se ele arranjasse um emprego melhor para o Peter.

– Escute só isso, Peter! – disse a senhora Cratchit.

– Se Peter arrumar um emprego melhor – disse uma das meninas –, poderá arranjar uma esposa e ter a sua própria casa!

– Ora, deixe de besteira! – respondeu Peter, com um sorriso amarelo.

– É perfeitamente possível, qualquer dia destes – disse Bob. – Mas falta muito para que isso aconteça, minha querida. O certo é que, haja o que houver, jamais nos esqueceremos de nosso pequeno Tim e desta primeira separação que todos tivemos de enfrentar juntos.

– Nunca, papai! – gritaram todos.

– E eu também sei, meus queridos – continuou Bob –, que quando lembrarmos de como ele era paciente e meigo, nunca deixaremos de gostar uns dos outros, nem permitiremos que a lembrança do pequeno Tim se apague de nossos corações.

– Nunca, papai! – gritaram todos de novo.

– Isso me deixa muito feliz! – disse Bob. – Muito feliz!

A senhora Cratchit deu um beijo no esposo, as filhas e os dois pequenos também, e Peter apertou a mão do pai. Espírito do pequeno Tim, tua infantil ternura vinha realmente de Deus!

– Algo me diz que a hora de nossa separação se aproxima. Sei disso, embora não possa explicar a razão. Diga-me, que homem era aquele que vimos deitado e morto sobre a cama?

O Espírito dos Natais Futuros o guiou outra vez, como antes, para um tempo diferente. Não percebia muita ordem nessas últimas visões, a não ser que todas eram no futuro e aconteciam em escritórios e prédios comerciais, sem que ele pudesse se enxergar. Na verdade, o Espírito não parava em lugar algum, seguindo sempre em frente, como se soubesse exatamente aonde estava indo. Até que fez um sinal para que Scrooge esperasse um momento.

– Aqui nesta praça ficava o meu escritório – disse Scrooge. – Costumava trabalhar aqui há muito tempo atrás. Mostre-me o que está reservado para mim no futuro!

O Fantasma parou, e sua mão apontou em outra direção.

– A firma fica logo ali – disse Scrooge. – Por que aponta para lá?

O dedo não mudou de direção.

Scrooge correu para a janela de seu escritório e olhou para dentro. Ainda era um escritório, mas não mais o seu. Os móveis não eram os mesmos, e o homem na cadeira não era ele. O Fantasma continuava a apontar para longe.

Scrooge acompanhou-o novamente, tentando descobrir por que tinham partido e para onde, até que chegaram a um portão de ferro. Ele parou e deu uma olhada em torno para ver onde estava.

Era um cemitério. Ali, então, em algum lugar debaixo da terra, estava o infeliz cujo nome ele iria finalmente descobrir! Era um lugar impressionante: cercado de túmulos e tomado pelo mato, com ervas daninhas que cresciam como em um jardim da Morte, infestado por sepulturas e plantas gordas e insaciáveis. Um lugar verdadeiramente incrível!

O Espírito parou ao lado dos túmulos, apontando na direção de um deles. Scrooge seguiu em frente, tremendo. O Fantasma estava igual, mas o medo fez com que Scrooge lhe desse um novo significado.

– Antes que eu me aproxime da lápide para a qual você está apontando, responda uma pergunta:

essas são as sombras das coisas que vão acontecer ou daquelas que poderão acontecer? – disse Scrooge.

O Fantasma continuou a inclinar seu dedo para a sepultura.

– Os caminhos humanos fazem prever seus próprios destinos. E todos aqueles que continuam nesses caminhos, acabam por alcançá-los – disse Scrooge. – Mas se decidirem mudar de caminho, esse destino também mudará. Diga-me que é isso o que pretende me demonstrar!

O Espírito permaneceu imóvel.

Scrooge foi adiantc, se arrastando e tremendo como antes. Seguindo a direção do dedo do Espírito, leu, inscrito sobre a pedra da descuidada sepultura, seu próprio nome: EBENEZER SCROOGE.

– Eu!? Sou eu, então, aquele homem morto na cama? – gritou, caindo de joelhos.

O Espírito desviou seu dedo do túmulo, em direção a Scrooge, e retornou outra vez para a posição inicial.

– Ah, não, Espírito! Não! Não!

O dedo continuou apontando.

– Espírito! – gritou Scrooge, agarrando-se às suas roupas. – Ouça-me! Não sou mais o mesmo homem de antes e nunca mais serei o mesmo depois do que aconteceu. Por que me mostrou tudo isso, se não há mais nenhuma esperança para mim?

Pela primeira vez a mão pareceu vacilar.

– Gentil Espírito – prosseguiu Scrooge, prostrando-se ao chão –, sei que a sua bondade o fará interceder a meu favor e que terá piedade de mim! Garanta-me que ainda posso mudar o destino de todas estas sombras que você me mostrou, se tiver uma vida diferente!

A mão piedosa tremeu um pouco.

– Prometo venerar o Natal do fundo do meu coração e cultivar seu espírito durante o ano inteiro. Viverei no Passado, no Presente e no Futuro. Os espíritos dos três estarão sempre atuantes dentro de mim, e jamais esquecerei as lições que com eles aprendi. Por favor, diga-me que posso apagar o que está escrito nesta pedra!

Desesperado, Scrooge agarrou a mão fantasmagórica. Ela tentou libertar-se, mas Scrooge suplicava, apertando-a com toda a força. Então o Espírito, com uma força ainda maior, o repeliu.

Ao erguer suas mãos, em um último e desesperado pedido para mudar o seu destino, ele viu que as roupas e o capuz do Fantasma começaram a mudar. Encolheram e se esvaziaram aos poucos, até se transformarem em uma pequena coluna de sua cama.

Capítulo V

O fim de tudo

Isso mesmo! Era a coluna da sua cama: ele estava em sua cama e em seu próprio quarto. E o melhor de tudo era que tinha o tempo inteiro pela frente para consertar os seus erros!

– Quero viver no Passado, no Presente e no Futuro! – repetiu Scrooge, pulando da cama. – Os espíritos dos três viverão, de agora em diante, dentro de mim. Oh, Jacob Marley! Louvado seja o Céu e o Natal por isso tudo! Digo isso de joelhos, meu velho Jacob, de joelhos!

Estava tão excitado e cheio de boas intenções, que sua voz enfraquecida mal conseguia dizer o que sentia. Ele havia chorado violentamente em sua luta contra o Espírito e seu rosto estava banhado de lágrimas.

– Oh, elas estão aqui, ainda não foram arrancadas! – gritou Scrooge, abraçando uma das cortinas da cama. – Sim, ainda estão aqui, com argolas e tudo. E eu também estou aqui. As sombras das coisas que aconteceram já podem desaparecer.

Suas mãos apalpavam suas roupas, remexendo-as, virando-as pelo avesso, jogando-as para o alto, trocando-as de lugar, fazendo com elas todo tipo de extravagância.

– Nem sei o que faço! – exclamou ele, rindo e chorando ao mesmo tempo, enrodilhado por suas meias compridas. – Sinto-me leve como uma pluma, feliz como um anjo e alegre feito um menino. Estou eufórico como um bêbado. Um feliz Natal para todos! Um feliz Ano-Novo para o mundo inteiro! Viva! Iiiiipi-hurra!

Esperneou até a sala e ali descansou um pouco, completamente sem fôlego.

– Ali está a panela da sopa! – exclamou Scrooge, recomeçando a pular novamente ao redor da lareira. – Aquela é a porta por onde entrou o Fantasma de Jacob Marley! E aquele é o canto onde sentou-se o Espírito do Natal Presente! E ali está a janela por onde eu vi os espíritos passarem lá fora! Está tudo certo, é tudo verdade, tudo aconteceu mesmo! Há! Há! Há!

Para um homem que não dava uma gargalhada há muitos anos, aquela foi uma esplêndida gargalhada, uma ilustríssima gargalhada. A primeira de uma longa série de brilhantes gargalhadas!

– Não sei que dia do mês é hoje – disse Scrooge. – Não sei quanto tempo passei com os espíritos. Não sei de mais nada. Sou como um recém-nascido. Não faz mal, pouco importa. Quero continuar a ser como um bebê. Êêê! Viva! Huurra!

Seu entusiasmo chegou ao auge quando ouviu os repiques de sinos mais esplêndidos que seus ouvidos já tinham escutado: Blém-blém! Dim-dom! Clangue-clingue! D'lém-d'lém! Magnífico, magnífico!

Correu para a janela, abriu-a e pôs a cabeça para fora. Nada de neblina, nem névoa. Estava um dia claro, luminoso, alegre, estimulante e gelado. Um frio penetrante, que entrava no sangue e dava vontade de dançar. Um sol dourado e um céu divino. Um vento doce e refrescante. E os sinos a tocar alegremente. Magnífico! Magnífico!

– Que dia é hoje? – gritou Scrooge para baixo, para um menino bem-arrumado que talvez tivesse parado só para observá-lo.

– Como? – perguntou o menino, espantado.

– Que dia é hoje, meu bom garoto? – disse Scrooge.

– Hoje?! – respondeu o menino. – Ora, hoje é dia de Natal!

– Dia de Natal! – disse Scrooge a si mesmo. – Então não perdi o Natal! Os espíritos fizeram tudo em uma única noite. Sim, eles podem fazer as coisas como querem, é claro que podem. Ei, rapaz!

– Sim? – respondeu o garoto.

– Você conhece aquele mercado da próxima rua, bem na esquina?

– Acho que sim.

– Rapaz esperto! Danado de esperto! Não sabe se eles já venderam aquele belo peru que estava lá pendurado? Não o pequeno, mas o grandão!

– Aquele quase do meu tamanho?

– Que garoto esperto! É um prazer falar com gente esperta como você! Sim, esse mesmo, meu garoto!

– Ele ainda está lá!

– É mesmo? Então vá lá e compre-o.

– Está brincando?

– Não, não – disse Scrooge –, falo sério. Vá lá, compre-o, e diga para passarem aqui que eu vou dar o endereço onde deve ser entregue. Volte junto com o entregador e lhe darei um xelim. E se voltar em menos de cinco minutos, lhe darei meia coroa!

O garoto partiu rápido como uma bala. De fato, qualquer um que disparasse um tiro com a metade da velocidade dele já poderia se considerar bom de gatilho.

– Vou mandar que o entreguem na casa de Bob Cratchit! – murmurou Scrooge, esfregando as mãos e dando uma risada satisfeita. – Ele nunca saberá quem mandou o peru. Tem o dobro do tamanho do pequeno Tim. Ninguém poderia imaginar uma brincadeira tão boa!

A mão que escreveu o endereço não estava muito firme, mas ele deu um jeito de escrever. Em seguida, desceu as escadas para esperar o entregador na porta da rua. Enquanto aguardava, bateu com os olhos na tranca da porta.

– Vou adorar você até o fim da minha vida! – disse Scrooge, acariciando-a com a mão. – E pensar que nunca havia reparado nela! Que rosto honesto ela tem! É uma bela tranca! Ah, lá vem o peru! Ei, olá! Como vai? Feliz Natal!

Era um enorme peru! Não dava para acreditar que aquela ave um dia conseguira parar em pé. Suas pernas teriam se partido em menos de um minuto, feito dois palitos de fósforo.

– Não vai dar para carregá-lo até a casa de Bob. Melhor tomar um táxi – disse Scrooge.

Disse isso, pagou o peru e o táxi e deu ainda uma gorjeta ao menino, sempre rindo. Riu muito, gargalhou, até que perdeu o fôlego, e as lágrimas começaram a correr pelo seu rosto.

Fazer a barba não foi uma coisa fácil, pois sua mão ainda tremia muito; e fazer a barba é uma coisa que exige atenção, mesmo quando a pessoa não está dançando. Mas, mesmo que Scrooge tivesse cortado a ponta do nariz, teria colocado apenas um esparadrapo na ferida e tudo continuaria muito bem.

Depois vestiu sua melhor roupa e tratou de ir para a rua. As pessoas estavam saindo de suas casas naquele instante, exatamente como ele vira naquele dia com o Espírito do Natal Presente. Caminhando com as mãos nas costas, Scrooge olhava para todos com um sorriso alegre. Parecia tão irresistivelmente simpático que uns três ou quatro sujeitos bem-humorados cumprimentaram-no ao passar por ele.

– Bom dia! Um feliz Natal para o senhor!

Como Scrooge disse mais tarde, aqueles foram os sons mais alegres que já escutara na vida.

Não tinha ido muito longe quando deu de cara com o mesmo cavalheiro que, um dia antes, entrara em seu escritório, perguntando: "A firma Scrooge & Marley, suponho". Sentiu um aperto no coração ao imaginar qual seria sua reação quando o visse. Mas ele sabia o rumo que a conversa deveria tomar agora, por isso foi direto ao seu encontro.

– Meu caro senhor – disse Scrooge, apertando o passo e fazendo um cumprimento com as duas mãos. – Como vai? Espero que tenha tido sorte no dia de ontem. O senhor é um homem muito generoso. Um feliz Natal!

– Senhor Scrooge?

– Sim, este é meu nome, embora tema que ele não possa soar muito bem aos seus ouvidos. Permita que lhe apresente as minhas desculpas. E, se tiver a bondade, com sua licença... – E Scrooge sussurrou alguma coisa no ouvido do outro.

– Deus seja louvado, meu senhor! – exclamou o cavalheiro, quase sem fôlego. – O senhor está falando sério, senhor Scrooge?

– Sim, senhor – disse Scrooge –, nem uma moeda a menos. Estou incluindo na doação algumas contas atrasadas, sabe? Faria o favor de aceitar?

– Meu caro senhor – disse o outro, apertando-lhe a mão –, não sei nem o que dizer diante de tanta generosi...

– Não, não diga nada – interrompeu Scrooge. – Basta que venha ao meu escritório. Posso esperá-lo?

– Com toda a certeza! – disse o velho, e era óbvio que iria.

– Muito obrigado – disse Scrooge. – Que Deus o abençoe, sou mil vezes grato! Que Deus o abençoe!

Entrou na igreja, caminhou pelas ruas, olhou as pessoas andando apressadas de lá para cá, afagou a cabeça das crianças, conversou com mendigos, espiou para dentro das janelas das casas e de suas cozinhas, e tudo isso lhe trouxe muita alegria. Nunca tinha imaginado que uma simples caminhada pudesse lhe trazer tamanha felicidade. E, quando a tarde chegou, decidiu ir fazer uma visita ao sobrinho.

Passou diante da casa uma dúzia de vezes antes de criar coragem para bater na porta. Finalmente, bateu:

– O patrão está em casa, menina? – perguntou à empregada. Bela garota! Muito bonita!.

– Sim, senhor – ela respondeu.

– E onde ele está, minha querida?

– Na sala de jantar, junto com a patroa. Me acompanhe, por favor.

– Não é preciso, minha querida, eu sou o tio dele – disse, já com a mão na maçaneta. – Deixe que eu vou sozinho.

Girou devagar a maçaneta e deu uma espiada pela porta entreaberta. O casal examinava atentamente a mesa bem arrumada, como fazem os jovens anfitriões, sempre atentos para que tudo corra bem.

– Fred! – chamou Scrooge.

Que susto tremendo levou a sua sobrinha! Scrooge lembrou-se de quando a vira sentada em um canto, com os pés apoiados no banquinho, e lamentou tê-la assustado desta maneira.

– Valha-me Deus! – exclamou Fred. – Quem está aí?

– É seu tio Ebenezer, vim passar o Natal com vocês! Posso entrar, Fred?

– É claro que sim!

O sobrinho apertou tanto a sua mão, que só por um milagre não arrancou seu braço. Em menos de cinco minutos, o velho já estava à vontade. Ninguém poderia tê-lo recebido com mais amabilidade. A sobrinha recebeu-o do mesmo jeito, assim como Topper, sua irmã fofinha, e todos os que chegaram mais tarde. Foi tudo maravilhoso: a festa, as brincadeiras, a harmonia e a alegria, tudo verdadeiramente maravilhoso!

No dia seguinte, entretanto, Scrooge chegou bem cedo ao escritório, só para ter o gosto de surpreender Bob. E se ele se atrasasse, tanto melhor, pois tinha algo já planejado.

O relógio bateu nove horas e nada de Bob chegar. Nove e quinze. Nada de Bob. Ele chegou com exatos dezoito minutos de atraso! Scrooge estava sentado com a porta aberta, para poder ver a chegada do empregado.

Ele tirou o chapéu e a manta, antes de entrar, e em um segundo já estava a postos no seu lugar, rabiscando com pressa, como se estivesse tentando recuperar o tempo perdido.

– Olá! – disse Scrooge com seu costumeiro grunhido, imitando-o da melhor maneira possível. – Isto são horas, então, de chegar ao serviço?

– Lamento muito, senhor – disse ele. – Perdi a hora, infelizmente...

– Ah, perdeu a hora? – repetiu Scrooge. – É, acho que perdeu mesmo. Venha até aqui, por gentileza.

– Foi a primeira vez este ano, senhor Scrooge – suplicou Bob, ao deixar o seu cubículo. – Isso não se repetirá. É que a festa de ontem estava muito divertida, senhor.

– Deixe que lhe diga uma coisa, meu rapaz! – disse Scrooge. – Não vou tolerar mais que coisas desse tipo aconteçam outra vez. Por esta razão – continuou ele, pulando da cadeira e dando um cutucão tão forte no peito de Bob que ele recuou de volta para o seu cubículo –, aumentarei agora o seu salário!

Bob começou a tremer e se aproximou de uma régua. Por um instante, pensou em acertar Scrooge com ela e correr para a rua em busca de alguém que o ajudasse a meter o velho em uma camisa de força.

– Um Feliz Natal, Bob! – disse Scrooge, de um modo tão sincero que afastou qualquer dúvida, enquanto dava tapinhas nas suas costas. – Um Feliz Natal, meu bom companheiro, mais feliz do que todos os que lhe dei estes anos todos! Vou lhe dar um aumento, sim, além de dar uma ajuda à sua esforçada família! Falaremos sobre isso à noite, sentados diante de um belo ponche natalino! Vamos, acenda logo o fogareiro e vá comprar mais um balde repleto de carvão, Bob Cratchit!

Scrooge fez tudo isso e ainda muitíssimo mais. Para o pequenino Tim – que *não* morreu – Scrooge acabou tornando-se um segundo pai. Também se tornou um bom amigo, um bom chefe e um bom homem, o melhor que a cidade já conhecera ou que qualquer outra cidade poderia ter conhecido.

Muita gente riu da sua mudança, mas ele deixou que rissem, pois tornara-se sábio o bastante para entender que nunca algo de bom acontece neste mundo sem que alguém encontre nisso motivo de riso e zombaria. Como sabia que essas pessoas permaneceriam cegas para a bondade, preferiu vê-las enrugar os olhos em um sorriso de gozação do que vê-las demonstrarem sua enfermidade de uma maneira menos atraente. Seu coração transbordava de felicidade, e isso era o bastante.

Nunca mais Scrooge encontrou os espíritos, mas desde aquele dia passou a viver sob o Princípio da Generosidade Total. E todos concordavam em dizer que ali estava um homem que sabia celebrar o Natal e manter seu espírito vivo o ano todo – se é que algum homem consegue isso. Que o mesmo possa ser dito de cada um de nós. E, como dizia o pequeno Tim, que Deus abençoe cada um de nós!

FIM

Cronologia

7 de fevereiro de 1812 – Charles Dickens nasce na pequena cidade de Landport, perto de Portsmouth, no sudoeste da Inglaterra. Seria o segundo filho de um total de oito crianças. Seu pai, John Dickens, era um funcionário do escritório encarregado do pagamento da Marinha, em Portsmouth. Era incapaz de manter-se longe de dívidas. Na época em que Charles nasceu, a Grã-Bretanha vivia o início de um período de regência: em 1811, o rei George III fora declarado irremediavelmente louco, e seu filho, George IV, assumiria com plenos poderes apenas em 1820.

1817 – Já em dificuldades financeiras, a família Dickens muda-se para Chatham, também no sudoeste e igualmente uma cidade portuária.

1822 – Aos dez anos, Charles já tivera contato com obras da literatura pícara e outros clássicos. Apenas ocasionalmente frequentara uma escola privada, de modo que sua educação, até então, resume-se à biblioteca de seu pai. "Daquela pequena peça vieram *Roderick Random, Peregrine Pickle, Humphrey Clinker, Tom Jones, The Vicar of Wakefield, Dom Quixote, Gil Blas* e *Robinson Crusoe*, para fazer-me companhia. Eles mantiveram viva a minha fantasia e a minha esperança de algo melhor, além daquela época e daquele lugar", lembrou o autor.

1823 – John Dickens decide tentar a vida em Londres e leva a sua família para a cidade grande, mais especificamente para o bairro de Camden Town. Lá, o pequeno Charles depara-se com os encantos e com as injustiças da sociedade industrial e do capitalismo. Sua mãe, Elizabeth, decide abrir uma escola para meninas e põe as crianças (entre as quais Charles) a distribuir panfletos na rua, anunciando a nova escola, naquilo que seria o primeiro "emprego" do futuro escritor.

1824 – No dia 5 de fevereiro, o pequeno Charles (então com 11 anos) começa a trabalhar em um curtume, dez horas por dia: uma experiência traumatizante que o marcará pela vida inteira e que se fixará na sua memória como um abandono por parte da família. John Dickens é encarcerado na prisão de Marshalsea por dívidas. Toda a família, com exceção de Charles, junta-se a ele no cárcere (o episódio será romanceado mais tarde, em *David Copperfield*, quando o Sr. Micawber é preso pela mesma razão e sua família acompanha-o à penitenciária). O pai de Dickens é solto três meses depois, em função do recebimento de uma pequena herança. A Sra. Dickens quer que o filho continue trabalhando, mas o pai manda-o, aos 12 anos, pela primeira vez a uma escola, onde seu desempenho é bom.

1827 – Aos 15 anos, começa a trabalhar como auxiliar em uma firma de advocacia. Impõe a si mesmo uma disciplina de estudos que faltava-lhe por parte dos pais e, à noite, aprende taquigrafia.

1829 – Lançando mão de seu domínio taquigráfico – ferramenta importante para transcrever os debates e discursos do Parlamento –, lança-se como repórter *free-lance* na Câmara dos Comuns. Ficaria conhecido pela rapidez com que taquigrafava discursos.

1830 – Apaixona-se por Maria Beadnell, filha de um banqueiro.

1831 – Torna-se repórter encarregado da cobertura da Câmara dos Comuns no jornal *The Sun*. Sua carreira no jornalismo solidifica-se.

1833 – O relacionamento com Maria Beadnell chega ao

fim, provavelmente devido a pressões dos pais dela, que não consideravam o jovem jornalista um bom partido para a filha.

1834 – Dickens inicia como repórter parlamentar no jornal *Morning Chronicle*. Começa a publicar, aos 21 anos de idade, histórias cômicas com personagens caricaturais na *Old Monthly Magazine* e no *Evening Chronicle*, utilizando o pseudônimo de Boz (em 1836, as histórias seriam compiladas em livro sob o título *Sketches by Boz*). Seu pai é novamente preso por dívidas, e Charles intervém por ele.

1835 – Conhece Catherine Hogart, de quem fica noivo.

1836 – É convidado a escrever histórias cômicas e caricaturais que deveriam acompanhar os desenhos de um famoso ilustrador, Seymour. Dickens, que precisava de dinheiro para se casar, aceita a oferta. O desenhista, entretanto, suicida-se após a publicação do segundo número de *The Pickwick Papers*. Dickens faz, então, uma reformulação do projeto, que acaba por tornar-se uma narrativa de vários episódios em encartes mensais, ilustrados por Hablot K. Browne, mais conhecido como Phiz, que colaboraria muitas outras vezes com o escritor. O folhetim atinge um enorme sucesso e, aos 25 anos de idade, Dickens torna-se nacionalmente conhecido. A publicação de *The Pickwick Papers* continuaria até novembro de 1837.

Casa-se com Catherine Hogart. Torna-se editor do periódico *Bentley's Mischellany* e, em dezembro, publica a segunda série de *Sketches by Boz*. Conhece John Forster, que se tornaria seu melhor amigo e seu biógrafo.

1837 – Tem início a Era Vitoriana, com a Rainha Vitória I subindo ao trono. A partir desta época, Dickens mergulha na carreira de romancista ao mesmo tempo em que desempenha atividades jornalísticas. Mary, irmã de Catherine, morre, o que abala profundamente o escritor. Nasce Charles, o primeiro de dez filhos do casal. Começa a publicação de *Oliver Twist*, no *Bentley's Mischellany*. Oliver foi o primeiro órfão carente de uma série de personagens do autor. A série continuaria até 1839.

1838 – Inicia a publicação de *A vida e as aventuras de Nicholas Nickleby* (*Nicholas Nickleby*), no mesmo periódico. A história concentra-se no tema de predileção do autor: o modo de se criar crianças, repressão e punições utilizadas.

1839 – Demite-se do cargo de editor da *Bentley's Mischellany*.

1840 – Surge o periódico *Master Humphrey's Clock,* onde Dickens publica, até fevereiro de 1841, *A velha loja de curiosidades* (*The Old Curiosity Shop*).

1841 – Publica, no mesmo periódico, *Barnaby Rudge*, um romance histórico.

1842 – Viaja ao Canadá e aos Estados Unidos, onde conhece Longfellow, Washington Irving, Bryant e outras figuras literárias da época. A hospitalidade com que foi recebido diminui à medida que ele se empenha em campanhas abolicionistas e pró-leis internacionais de copyright (editores norte-americanos estavam fazendo edições piratas de suas obras).

1843 – De volta à Inglaterra, inicia a publicação de *A vida e as aventuras de Martin Chuzzlewit* (*Martin Chuzzlewit*), onde aparecem críticas à sociedade norte-americana. A série vai até julho de 1844. Ainda em dezembro de 1843, publica *Um Conto de Natal* (*A Christmas Carol*), com ilustrações de John Leech. A repercussão positiva sela sua fama e encoraja-o a escrever uma história de Natal para cada mês de dezembro. A compilação destas histórias em livro seria conhecida como *The Christmas Books*.

1844 – Perto do Natal, publica *Os sinos* (*The Chimes*).

1844-1847 – Dickens e sua família fazem várias viagens, para a Itália, França e Suíça. As paisagens deste último país continental tornar-se-iam, para o escritor, sinônimo de encontro harmonioso e romântico do homem consigo mesmo, tal como para Rousseau; em *David Copperfield*, o personagem recolhe-se ao interior suíço para se recuperar da viuvez.

1845 – O escritor monta um grupo de teatro amador. Em dezembro, publica *O gafanhoto na terra* (*The Cricket on Earth*), terceira história de Natal.

Torna-se o primeiro diretor do jornal *The Daily News*. Nele, publica *Pictures from Italy*, com impressões de viagem.

1847 – Ainda na Suíça, inicia *Dombey e Filho* (*Dombey and Son*), narrativa a partir da qual sua visão de mundo se ensombrece, com críticas sociais mais radicais e humor cada vez menos terno e mais selvagem. A publicação do romance perdura até abril de 1848. Em dezembro, publica *The Battle of Life*.

1848 – Escreve, dirige e atua em montagens teatrais e, em dezembro, publica *O homem mal-assombrado* (*The Haunted Man*), última de suas histórias de Natal.

1849 – Escreve *A vida de Nosso Senhor* (*The Life of our Lord*), que permanecerá inédito até 1934. Inicia a publicação de *David Copperfield*, em encartes mensais (que terminariam apenas em novembro de 1850). Dickens escreveu que, de todos os seus livros, gostava mais deste. E que, como muitos pais, ele tinha um filho preferido, e seu nome era David Copperfield.

1850 – Funda o semanário *Household Words*, do qual era editor.

1851 – Inicia a redação de *Casa soturna* (*Bleak House*), narrativa que mostra com crescente pessimismo o sistema jurídico inglês.

1852 – O romance é publicado em encartes mensais, até setembro de 1853.

1853 – Viaja pela Itália e, ao voltar para a Inglaterra, passa a fazer leituras públicas de sua obra.

1854 – O romance *Tempos difíceis* (*Hard Times*) é editado semanalmente no periódico *Household Words*.

1855–1857 – *Little Dorrit* sai em encartes mensais. A heroína que dá nome à narrativa faz bicos durante o dia e à noite volta para a prisão, onde seu pai está preso por dívidas.

1856 – Colabora em uma peça teatral, *The Frozen Deep*. Dickens compra uma propriedade chamada Gad's Hill, que ele admirara desde a juventude, nos arredores de Londres.

1857 – Durante o verão, a família Dickens recebe, em Gad's Hill, a visita do escritor dinamarquês Hans Christian Andersen, cujos contos de fadas Dickens muito admirava. A companhia teatral do escritor britânico encena *The Frozen Deep* para a Rainha. Dickens envolve-se com Ellen Ternan, uma jovem atriz que se juntara à trupe.

1858 – Tem uma discussão pública com seu amigo e grande novelista W. M. Thackeray.* Separa-se de sua mulher, Catherine, após um longo período de conflitos conjugais. A separação e o seu caso com Ellen geram um certo escândalo e isolam-no de alguns de seus conhecidos e admiradores. Dickens intensifica as leituras públicas de sua obra, que duravam horas a fio.

1859 – Funda o semanário *All the Year Round*, que ele mesmo editaria, até a sua morte. O primeiro capítulo de *História de duas cidades* (*A Tale of Two Cities*) sai no primeiro número, e a publicação em folhetim do romance continua até novembro. Nele, são abordados

---

* Autor de *O livro dos esnobes*, publicado na Coleção **L&PM** POCKET.

os terrores e sofrimentos da Revolução Francesa, e a narrativa aproxima-se do romance histórico. O escritor muda-se para Gad's Hill e passa por um período de retrospecção, no qual queima antigas cartas e relê *David Copperfield*, sua obra mais autobiográfica, antes de iniciar a redação de um novo romance.

1861 – Publica em folhetins semanais o romance *Grandes esperanças* (*Great Expectations*), no jornal *All the Year Round*. A obra é considerada por muitos a melhor narrativa do autor. Retoma as leituras públicas, que têm continuidade em 1862.

1863 – Faz leituras públicas em Paris, além de em Londres. Reconcilia-se com Thackeray antes da morte deste.

1864 – *Nosso amigo em comum* (*Our Mutual Friend*) sai em folhetins mensais, até novembro do ano seguinte. Trata-se do último romance terminado pelo autor. Biógrafos e críticos atribuem o declínio da saúde de Dickens a trabalho em demasia.

1865 – Um incidente abala o escritor, tanto física quanto psicologicamente: voltando de Paris, ele e Ellen Ternan tomam parte em um acidente ferroviário, no qual várias pessoas ficaram feridas.

1866 – Dickens realiza leituras públicas em várias localidades da Escócia e da Inglaterra, com a saúde debilitada e contrariando ordens médicas.

1867 – Mais leituras públicas na Irlanda e na Inglaterra. Embarca para uma série de leituras nos Estados Unidos, que se prolongaria até 1868.

1868 – Novos encargos editoriais em *All the Year Round* enfraquecem-no mais ainda.

1869 – Novas leituras na Irlanda, Inglaterra e Escócia provocam-lhe um leve derrame. Outras leituras no interior foram canceladas, mas Dickens inicia a publicação de *O mistério de Edwin Drood* (*The Mystery of*

Edwin Drood), um romance de mistério, que alguns críticos enxergam como um dos fundadores do gênero policial.

1870 – O autor faz suas últimas leituras públicas em Londres. No dia 8 de junho, sofre outro derrame, após um dia trabalhando em *O mistério de Edwin Drood*, e morre no dia 9 de junho, em Gad's Hill, aos 58 anos de idade. Um comboio fúnebre especial transporta o corpo de Dickens até a Abadia de Westminster (local da coroação da realeza britânica), em Londres, onde é enterrado no dia 14, no *Poet's corner*, entre Shakespeare e o romancista inglês Henry Fielding. O último capítulo do romance inacabado é publicado em setembro.

Coleção **L&PM** POCKET

850.**O mal-estar na cultura** – Freud
853.**Um crime adormecido** – Agatha Christie
854.**Satori em Paris** – Jack Kerouac
855.**Medo e delírio em Las Vegas** – Hunter Thompson
856.**Um negócio fracassado e outros contos de humor** – Tchékhov
857.**Mônica está de férias!** – Mauricio de Sousa
858.**De quem é esse coelho?** – Mauricio de Sousa
860.**O mistério Sittaford** – Agatha Christie
861.**Manhã transfigurada** – L. A. de Assis Brasil
862.**Alexandre, o Grande** – Pierre Briant
863.**Jesus** – Charles Perrot
864.**Islã** – Paul Balta
865.**Guerra da Secessão** – Farid Ameur
866.**Um rio que vem da Grécia** – Cláudio Moreno
868.**Assassinato na casa do pastor** – Agatha Christie
869.**Manual do líder** – Napoleão Bonaparte
870(16).**Billie Holiday** – Sylvia Fol
871.**Bidu arrasando!** – Mauricio de Sousa
872.**Os Sousa: Desventuras em família** – Mauricio de Sousa
874.**E no final a morte** – Agatha Christie
875.**Guia prático do Português correto – vol. 4** – Cláudio Moreno
876.**Dilbert (6)** – Scott Adams
877(17).**Leonardo da Vinci** – Sophie Chauveau
878.**Bella Toscana** – Frances Mayes
879.**A arte da ficção** – David Lodge
880.**Striptiras (4)** – Laerte
881.**Skrotinhos** – Angeli
882.**Depois do funeral** – Agatha Christie
883.**Radicci 7** – Iotti
884.**Walden** – H. D. Thoreau
885.**Lincoln** – Allen C. Guelzo
886.**Primeira Guerra Mundial** – Michael Howard
887.**A linha de sombra** – Joseph Conrad
888.**O amor é um cão dos diabos** – Bukowski
890.**Despertar: uma vida de Buda** – Jack Kerouac
891(18).**Albert Einstein** – Laurent Seksik
892.**Hell's Angels** – Hunter Thompson
893.**Ausência na primavera** – Agatha Christie
894.**Dilbert (7)** – Scott Adams
895.**Ao sul de lugar nenhum** – Bukowski
896.**Maquiavel** – Quentin Skinner
897.**Sócrates** – C.C.W. Taylor
899.**O Natal de Poirot** – Agatha Christie
900.**As veias abertas da América Latina** – Eduardo Galeano
901.**Snoopy: Sempre alerta! (10)** – Charles Schulz
902.**Chico Bento: Plantando confusão** – Mauricio de Sousa
903.**Penadinho: Quem é morto sempre aparece** – Mauricio de Sousa
904.**A vida sexual da mulher feia** – Claudia Tajes
905.**100 segredos de liquidificador** – José Antonio Pinheiro Machado
906.**Sexo muito prazer 2** – Laura Meyer da Silva
907.**Os nascimentos** – Eduardo Galeano
908.**As caras e as máscaras** – Eduardo Galeano
909.**O século do vento** – Eduardo Galeano
910.**Poirot perde uma cliente** – Agatha Christie
911.**Cérebro** – Michael O'Shea
912.**O escaravelho de ouro e outras histórias** – Edgar Allan Poe
913.**Piadas para sempre (4)** – Visconde da Casa Verde
914.**100 receitas de massas light** – Helena Tonetto
915(19).**Oscar Wilde** – Daniel Salvatore Schiffer
916.**Uma breve história do mundo** – H. G. Wells
917.**A Casa do Penhasco** – Agatha Christie
919.**John M. Keynes** – Bernard Gazier
920(20).**Virginia Woolf** – Alexandra Lemasson
921.**Peter e Wendy** *seguido de* **Peter Pan em Kensington Gardens** – J. M. Barrie
922.**Aline: numas de colegial (5)** – Adão Iturrusgarai
923.**Uma dose mortal** – Agatha Christie
924.**Os trabalhos de Hércules** – Agatha Christie
926.**Kant** – Roger Scruton
927.**A inocência do Padre Brown** – G.K. Chesterton
928.**Casa Velha** – Machado de Assis
929.**Marcas de nascença** – Nancy Huston
930.**Aulete de bolso**
931.**Hora Zero** – Agatha Christie
932.**Morte na Mesopotâmia** – Agatha Christie
934.**Nem te conto, João** – Dalton Trevisan
935.**As aventuras de Huckleberry Finn** – Mark Twain
936(21).**Marilyn Monroe** – Anne Plantagenet
937.**China moderna** – Rana Mitter
938.**Dinossauros** – David Norman
939.**Louca por homem** – Claudia Tajes
940.**Amores de alto risco** – Walter Riso
941.**Jogo de damas** – David Coimbra
942.**Filha é filha** – Agatha Christie
943.**M ou N?** – Agatha Christie
945.**Bidu: diversão em dobro!** – Mauricio de Sousa
946.**Fogo** – Anaïs Nin
947.**Rum: diário de um jornalista bêbado** – Hunter Thompson
948.**Persuasão** – Jane Austen
949.**Lágrimas na chuva** – Sergio Faraco
950.**Mulheres** – Bukowski
951.**Um pressentimento funesto** – Agatha Christie
952.**Cartas na mesa** – Agatha Christie
954.**O lobo do mar** – Jack London
955.**Os gatos** – Patricia Highsmith
956(22).**Jesus** – Christiane Rancé
957.**História da medicina** – William Bynum
958.**O Morro dos Ventos Uivantes** – Emily Brontë
959.**A filosofia na era trágica dos gregos** – Nietzsche
960.**Os treze problemas** – Agatha Christie
961.**A massagista japonesa** – Moacyr Scliar
963.**Humor do miserê** – Nani
964.**Todo o mundo tem dúvida, inclusive você** – Édison de Oliveira

965.**A dama do Bar Nevada** – Sergio Faraco
969.**O psicopata americano** – Bret Easton Ellis
970.**Ensaios de amor** – Alain de Botton
971.**O grande Gatsby** – F. Scott Fitzgerald
972.**Por que não sou cristão** – Bertrand Russell
973.**A Casa Torta** – Agatha Christie
974.**Encontro com a morte** – Agatha Christie
975(23).**Rimbaud** – Jean-Baptiste Baronian
976.**Cartas na rua** – Bukowski
977.**Memória** – Jonathan K. Foster
978.**A abadia de Northanger** – Jane Austen
979.**As pernas de Úrsula** – Claudia Tajes
980.**Retrato inacabado** – Agatha Christie
981.**Solanin (1)** – Inio Asano
982.**Solanin (2)** – Inio Asano
983.**Aventuras de menino** – Mitsuru Adachi
984(16).**Fatos & mitos sobre sua alimentação** – Dr. Fernando Lucchese
985.**Teoria quântica** – John Polkinghorne
986.**O eterno marido** – Fiódor Dostoiévski
987.**Um safado em Dublin** – J. P. Donleavy
988.**Mirinha** – Dalton Trevisan
989.**Akhenaton e Nefertiti** – Carmen Seganfredo e A. S. Franchini
990.**On the Road – o manuscrito original** – Jack Kerouac
991.**Relatividade** – Russell Stannard
992.**Abaixo de zero** – Bret Easton Ellis
993(24).**Andy Warhol** – Mériam Korichi
995.**Os últimos casos de Miss Marple** – Agatha Christie
996.**Nico Demo: Aí vem encrenca** – Mauricio de Sousa
998.**Rousseau** – Robert Wokler
999.**Noite sem fim** – Agatha Christie
1000.**Diários de Andy Warhol (1)** – Editado por Pat Hackett
1001.**Diários de Andy Warhol (2)** – Editado por Pat Hackett
1002.**Cartier-Bresson: o olhar do século** – Pierre Assouline
1003.**As melhores histórias da mitologia: vol. 1** – A.S. Franchini e Carmen Seganfredo
1004.**As melhores histórias da mitologia: vol. 2** – A.S. Franchini e Carmen Seganfredo
1005.**Assassinato no beco** – Agatha Christie
1006.**Convite para um homicídio** – Agatha Christie
1008.**História da vida** – Michael J. Benton
1009.**Jung** – Anthony Stevens
1010.**Arsène Lupin, ladrão de casaca** – Maurice Leblanc
1011.**Dublinenses** – James Joyce
1012.**120 tirinhas da Turma da Mônica** – Mauricio de Sousa
1013.**Antologia poética** – Fernando Pessoa
1014.**A aventura de um cliente ilustre** *seguido de* **O último adeus de Sherlock Holmes** – Sir Arthur Conan Doyle
1015.**Cenas de Nova York** – Jack Kerouac
1016.**A corista** – Anton Tchékhov
1017.**O diabo** – Leon Tolstói
1018.**Fábulas chinesas** – Sérgio Capparelli e Márcia Schmaltz
1019.**O gato do Brasil** – Sir Arthur Conan Doyle
1020.**Missa do Galo** – Machado de Assis
1021.**O mistério de Marie Rogêt** – Edgar Allan Poe
1022.**A mulher mais linda da cidade** – Bukowski
1023.**O retrato** – Nicolai Gogol
1024.**O conflito** – Agatha Christie
1025.**Os primeiros casos de Poirot** – Agatha Christie
1027(25).**Beethoven** – Bernard Fauconnier
1028.**Platão** – Julia Annas
1029.**Cleo e Daniel** – Roberto Freire
1030.**Til** – José de Alencar
1031.**Viagens na minha terra** – Almeida Garrett
1032.**Profissões para mulheres e outros artigos feministas** – Virginia Woolf
1033.**Mrs. Dalloway** – Virginia Woolf
1034.**O cão da morte** – Agatha Christie
1035.**Tragédia em três atos** – Agatha Christie
1037.**O fantasma da Ópera** – Gaston Leroux
1038.**Evolução** – Brian e Deborah Charlesworth
1039.**Medida por medida** – Shakespeare
1040.**Razão e sentimento** – Jane Austen
1041.**A obra-prima ignorada** *seguido de* **Um episódio durante o Terror** – Balzac
1042.**A fugitiva** – Anaïs Nin
1043.**As grandes histórias da mitologia greco-romana** – A. S. Franchini
1044.**O corno de si mesmo & outras historietas** – Marquês de Sade
1045.**Da felicidade** *seguido de* **Da vida retirada** – Sêneca
1046.**O horror em Red Hook e outras histórias** – H. P. Lovecraft
1047.**Noite em claro** – Martha Medeiros
1048.**Poemas clássicos chineses** – Li Bai, Du Fu e Wang Wei
1049.**A terceira moça** – Agatha Christie
1050.**Um destino ignorado** – Agatha Christie
1051(26).**Buda** – Sophie Royer
1052.**Guerra Fria** – Robert J. McMahon
1053.**Simons's Cat: as aventuras de um gato travesso e comilão – vol. 1** – Simon Tofield
1054.**Simons's Cat: as aventuras de um gato travesso e comilão – vol. 2** – Simon Tofield
1055.**Só as mulheres e as baratas sobreviverão** – Claudia Tajes
1057.**Pré-história** – Chris Gosden
1058.**Pintou sujeira!** – Mauricio de Sousa
1059.**Contos de Mamãe Gansa** – Charles Perrault
1060.**A interpretação dos sonhos: vol. 1** – Freud
1061.**A interpretação dos sonhos: vol. 2** – Freud
1062.**Frufru Rataplã Dolores** – Dalton Trevisan
1063.**As melhores histórias da mitologia egípcia** – Carmem Seganfredo e A.S. Franchini
1064.**Infância. Adolescência. Juventude** – Tolstói
1065.**As consolações da filosofia** – Alain de Botton
1066.**Diários de Jack Kerouac – 1947-1954**
1067.**Revolução Francesa – vol. 1** – Max Gallo
1068.**Revolução Francesa – vol. 2** – Max Gallo

1069.**O detetive Parker Pyne** – Agatha Christie
1070.**Memórias do esquecimento** – Flávio Tavares
1071.**Drogas** – Leslie Iversen
1072.**Manual de ecologia (vol.2)** – J. Lutzenberger
1073.**Como andar no labirinto** – Affonso Romano de Sant'Anna
1074.**A orquídea e o serial killer** – Juremir Machado da Silva
1075.**Amor nos tempos de fúria** – Lawrence Ferlinghetti
1076.**A aventura do pudim de Natal** – Agatha Christie
1078.**Amores que matam** – Patricia Faur
1079.**Histórias de pescador** – Mauricio de Sousa
1080.**Pedaços de um caderno manchado de vinho** – Bukowski
1081.**A ferro e fogo: tempo de solidão (vol.1)** – Josué Guimarães
1082.**A ferro e fogo: tempo de guerra (vol.2)** – Josué Guimarães
1084(17).**Desembarcando o Alzheimer** – Dr. Fernando Lucchese e Dra. Ana Hartmann
1085.**A maldição do espelho** – Agatha Christie
1086.**Uma breve história da filosofia** – Nigel Warburton
1088.**Heróis da História** – Will Durant
1089.**Concerto campestre** – L. A. de Assis Brasil
1090.**Morte nas nuvens** – Agatha Christie
1092.**Aventura em Bagdá** – Agatha Christie
1093.**O cavalo amarelo** – Agatha Christie
1094.**O método de interpretação dos sonhos** – Freud
1095.**Sonetos de amor e desamor** – Vários
1096.**120 tirinhas do Dilbert** – Scott Adams
1097.**200 fábulas de Esopo**
1098.**O curioso caso de Benjamin Button** – F. Scott Fitzgerald
1099.**Piadas para sempre: uma antologia para morrer de rir** – Visconde da Casa Verde
1100.**Hamlet (Mangá)** – Shakespeare
1101.**A arte da guerra (Mangá)** – Sun Tzu
1104.**As melhores histórias da Bíblia (vol.1)** – A. S. Franchini e Carmen Seganfredo
1105.**As melhores histórias da Bíblia (vol.2)** – A. S. Franchini e Carmen Seganfredo
1106.**Psicologia das massas e análise do eu** – Freud
1107.**Guerra Civil Espanhola** – Helen Graham
1108.**A autoestrada do sul e outras histórias** – Julio Cortázar
1109.**O mistério dos sete relógios** – Agatha Christie
1110.**Peanuts: Ninguém gosta de mim... (amor)** – Charles Schulz
1111.**Cadê o bolo?** – Mauricio de Sousa
1112.**O filósofo ignorante** – Voltaire
1113.**Totem e tabu** – Freud
1114.**Filosofia pré-socrática** – Catherine Osborne
1115.**Desejo de status** – Alain de Botton
1118.**Passageiro para Frankfurt** – Agatha Christie
1120.**Kill All Enemies** – Melvin Burgess
1121.**A morte da sra. McGinty** – Agatha Christie
1122.**Revolução Russa** – S. A. Smith
1123.**Até você, Capitu?** – Dalton Trevisan
1124.**O grande Gatsby (Mangá)** – F. S. Fitzgerald
1125.**Assim falou Zaratustra (Mangá)** – Nietzsche
1126. **Peanuts: É para isso que servem os amigos (amizade)** – Charles Schulz
1127(27).**Nietzsche** – Dorian Astor
1128.**Bidu: Hora do banho** – Mauricio de Sousa
1129.**O melhor do Macanudo Taurino** – Santiago
1130.**Radicci 30 anos** – Iotti
1131.**Show de sabores** – J.A. Pinheiro Machado
1132.**O prazer das palavras** – vol. 3 – Cláudio Moreno
1133.**Morte na praia** – Agatha Christie
1134.**O fardo** – Agatha Christie
1135.**Manifesto do Partido Comunista (Mangá)** – Marx & Engels
1136.**A metamorfose (Mangá)** – Franz Kafka
1137.**Por que você não se casou... ainda** – Tracy McMillan
1138.**Textos autobiográficos** – Bukowski
1139.**A importância de ser prudente** – Oscar Wilde
1140.**Sobre a vontade na natureza** – Arthur Schopenhauer
1141.**Dilbert (8)** – Scott Adams
1142.**Entre dois amores** – Agatha Christie
1143.**Cipreste triste** – Agatha Christie
1144.**Alguém viu uma assombração?** – Mauricio de Sousa
1145.**Mandela** – Elleke Boehmer
1146.**Retrato do artista quando jovem** – James Joyce
1147.**Zadig ou o destino** – Voltaire
1148.**O contrato social (Mangá)** – J.-J. Rousseau
1149.**Garfield fenomenal** – Jim Davis
1150.**A queda da América** – Allen Ginsberg
1151.**Música na noite & outros ensaios** – Aldous Huxley
1152.**Poesias inéditas & Poemas dramáticos** – Fernando Pessoa
1153.**Peanuts: Felicidade é...** – Charles M. Schulz
1154.**Mate-me por favor** – Legs McNeil e Gillian McCain
1155.**Assassinato no Expresso Oriente** – Agatha Christie
1156.**Um punhado de centeio** – Agatha Christie
1157.**A interpretação dos sonhos (Mangá)** – Freud
1158.**Peanuts: Você não entende o sentido da vida** – Charles M. Schulz
1159.**A dinastia Rothschild** – Herbert R. Lottman
1160.**A Mansão Hollow** – Agatha Christie
1161.**Nas montanhas da loucura** – H.P. Lovecraft
1162(28).**Napoleão Bonaparte** – Pascale Fautrier
1163.**Um corpo na biblioteca** – Agatha Christie
1164.**Inovação** – Mark Dodgson e David Gann
1165.**O que toda mulher deve saber sobre os homens: a afetividade masculina** – Walter Riso
1166.**O amor está no ar** – Mauricio de Sousa
1167.**Testemunha de acusação & outras histórias** – Agatha Christie
1168.**Etiqueta de bolso** – Celia Ribeiro
1169.**Poesia reunida (volume 3)** – Affonso Romano de Sant'Anna

1170.**Emma** – Jane Austen
1171.**Que seja em segredo** – Ana Miranda
1172.**Garfield sem apetite** – Jim Davis
1173.**Garfield: Foi mal...** – Jim Davis
1174.**Os irmãos Karamázov (Mangá)** – Dostoiévski
1175.**O Pequeno Príncipe** – Antoine de Saint-Exupéry
1176.**Peanuts: Ninguém mais tem o espírito aventureiro** – Charles M. Schulz
1177.**Assim falou Zaratustra** – Nietzsche
1178.**Morte no Nilo** – Agatha Christie
1179.**Ê, soneca boa** – Mauricio de Sousa
1180.**Garfield a todo o vapor** – Jim Davis
1181.**Em busca do tempo perdido (Mangá)** – Proust
1182.**Cai o pano: o último caso de Poirot** – Agatha Christie
1183.**Livro para colorir e relaxar** – Livro 1
1184.**Para colorir sem parar**
1185.**Os elefantes não esquecem** – Agatha Christie
1186.**Teoria da relatividade** – Albert Einstein
1187.**Compêndio da psicanálise** – Freud
1188.**Visões de Gerard** – Jack Kerouac
1189.**Fim de verão** – Mohiro Kitoh
1190.**Procurando diversão** – Mauricio de Sousa
1191.**E não sobrou nenhum e outras peças** – Agatha Christie
1192.**Ansiedade** – Daniel Freeman & Jason Freeman
1193.**Garfield: pausa para o almoço** – Jim Davis
1194.**Contos do dia e da noite** – Guy de Maupassant
1195.**O melhor de Hagar 7** – Dik Browne
1196(29).**Lou Andreas-Salomé** – Dorian Astor
1197(30).**Pasolini** – René de Ceccatty
1198.**O caso do Hotel Bertram** – Agatha Christie
1199.**Crônicas de motel** – Sam Shepard
1200.**Pequena filosofia da paz interior** – Catherine Rambert
1201.**Os sertões** – Euclides da Cunha
1202.**Treze à mesa** – Agatha Christie
1203.**Bíblia** – John Riches
1204.**Anjos** – David Albert Jones
1205.**As tirinhas do Guri de Uruguaiana 1** – Jair Kobe
1206.**Entre aspas (vol.1)** – Fernando Eichenberg
1207.**Escrita** – Andrew Robinson
1208.**O spleen de Paris: pequenos poemas em prosa** – Charles Baudelaire
1209.**Satíricon** – Petrônio
1210.**O avarento** – Molière
1211.**Queimando na água, afogando-se na chama** – Bukowski
1212.**Miscelânea septuagenária: contos e poemas** – Bukowski
1213.**Que filosofar é aprender a morrer e outros ensaios** – Montaigne
1214.**Da amizade e outros ensaios** – Montaigne
1215.**O medo à espreita e outras histórias** – H.P. Lovecraft
1216.**A obra de arte na era de sua reprodutibilidade técnica** – Walter Benjamin
1217.**Sobre a liberdade** – John Stuart Mill
1218.**O segredo de Chimneys** – Agatha Christie
1219.**Morte na rua Hickory** – Agatha Christie
1220.**Ulisses (Mangá)** – James Joyce
1221.**Ateísmo** – Julian Baggini
1222.**Os melhores contos de Katherine Mansfield** – Katherine Mansfied
1223(31).**Martin Luther King** – Alain Foix
1224.**Millôr Definitivo: uma antologia de *A Bíblia do Caos*** – Millôr Fernandes
1225.**O Clube das Terças-Feiras e outras histórias** – Agatha Christie
1226.**Por que sou tão sábio** – Nietzsche
1227.**Sobre a mentira** – Platão
1228.**Sobre a leitura** ***seguido do*** **Depoimento de Céleste Albaret** – Proust
1229.**O homem do terno marrom** – Agatha Christie
1230(32).**Jimi Hendrix** – Franck Médioni
1231.**Amor e amizade e outras histórias** – Jane Austen
1232.**Lady Susan, Os Watson e Sanditon** – Jane Austen
1233.**Uma breve história da ciência** – William Bynum
1234.**Macunaíma: o herói sem nenhum caráter** – Mário de Andrade
1235.**A máquina do tempo** – H.G. Wells
1236.**O homem invisível** – H.G. Wells
1237.**Os 36 estratagemas: manual secreto da arte da guerra** – Anônimo
1238.**A mina de ouro e outras histórias** – Agatha Christie
1239.**Pic** – Jack Kerouac
1240.**O habitante da escuridão e outros contos** – H.P. Lovecraft
1241.**O chamado de Cthulhu e outros contos** – H.P. Lovecraft
1242.**O melhor de Meu reino por um cavalo!** – Edição de Ivan Pinheiro Machado
1243.**A guerra dos mundos** – H.G. Wells
1244.**O caso da criada perfeita e outras histórias** – Agatha Christie
1245.**Morte por afogamento e outras histórias** – Agatha Christie
1246.**Assassinato no Comitê Central** – Manuel Vázquez Montalbán
1247.**O papai é pop** – Marcos Piangers
1248.**O papai é pop 2** – Marcos Piangers
1249.**A mamãe é rock** – Ana Cardoso
1250.**Paris boêmia** – Dan Franck
1251.**Paris libertária** – Dan Franck
1252.**Paris ocupada** – Dan Franck
1253.**Uma anedota infame** – Dostoiévski
1254.**O último dia de um condenado** – Victor Hugo
1255.**Nem só de caviar vive o homem** – J.M. Simmel
1256.**Amanhã é outro dia** – J.M. Simmel
1257.**Mulherzinhas** – Louisa May Alcott

1258.**Reforma Protestante** – Peter Marshall
1259.**História econômica global** – Robert C. Allen
1260(33).**Che Guevara** – Alain Foix
1261.**Câncer** – Nicholas James
1262.**Akhenaton** – Agatha Christie
1263.**Aforismos para a sabedoria de vida** – Arthur Schopenhauer
1264.**Uma história do mundo** – David Coimbra
1265.**Ame e não sofra** – Walter Riso
1266.**Desapegue-se!** – Walter Riso
1267.**Os Sousa: Uma famíla do barulho** – Mauricio de Sousa
1268.**Nico Demo: O rei da travessura** – Mauricio de Sousa
1269.**Testemunha de acusação e outras peças** – Agatha Christie
1270(34).**Dostoiévski** – Virgil Tanase
1271.**O melhor de Hagar 8** – Dik Browne
1272.**O melhor de Hagar 9** – Dik Browne
1273.**O melhor de Hagar 10** – Dik e Chris Browne
1274.**Considerações sobre o governo representativo** – John Stuart Mill
1275.**O homem Moisés e a religião monoteísta** – Freud
1276.**Inibição, sintoma e medo** – Freud
1277.**Além do princípio de prazer** – Freud
1278.**O direito de dizer não!** – Walter Riso
1279.**A arte de ser flexível** – Walter Riso
1280.**Casados e descasados** – August Strindberg
1281.**Da Terra à Lua** – Júlio Verne
1282.**Minhas galerias e meus pintores** – Kahnweiler
1283.**A arte do romance** – Virginia Woolf
1284.**Teatro completo v. 1: As aves da noite** ***seguido de*** **O visitante** – Hilda Hilst
1285.**Teatro completo v. 2: O verdugo** ***seguido de*** **A morte do patriarca** – Hilda Hilst
1286.**Teatro completo v. 3: O rato no muro** ***seguido de*** **Auto da barca de Camiri** – Hilda Hilst
1287.**Teatro completo v. 4: A empresa** ***seguido de*** **O novo sistema** – Hilda Hilst
1289.**Fora de mim** – Martha Medeiros
1290.**Divã** – Martha Medeiros
1291.**Sobre a genealogia da moral: um escrito polêmico** – Nietzsche
1292.**A consciência de Zeno** – Italo Svevo
1293.**Células-tronco** – Jonathan Slack
1294.**O fim do ciúme e outros contos** – Proust
1295.**A jangada** – Júlio Verne
1296.**A ilha do dr. Moreau** – H.G. Wells
1297.**Ninho de fidalgos** – Ivan Turguêniev
1298.**Jane Eyre** – Charlotte Brontë
1299.**Sobre gatos** – Bukowski
1300.**Sobre o amor** – Bukowski
1301.**Escrever para não enlouquecer** – Bukowski
1302.**222 receitas** – J. A. Pinheiro Machado
1303.**Reinações de Narizinho** – Monteiro Lobato
1304.**O Saci** – Monteiro Lobato
1305.**Memórias da Emília** – Monteiro Lobato
1306.**O Picapau Amarelo** – Monteiro Lobato
1307.**A reforma da Natureza** – Monteiro Lobato
1308.**Fábulas** ***seguido de*** **Histórias diversas** – Monteiro Lobato
1309.**Aventuras de Hans Staden** – Monteiro Lobato
1310.**Peter Pan** – Monteiro Lobato
1311.**Dom Quixote das crianças** – Monteiro Lobato
1312.**O Minotauro** – Monteiro Lobato
1313.**Um quarto só seu** – Virginia Woolf
1314.**Sonetos** – Shakespeare
1315(35).**Thoreau** – Marie Berthoumieu e Laura El Makki
1316.**Teoria da arte** – Cynthia Freeland
1317.**A arte da prudência** – Baltasar Gracián
1318.**O louco** *seguido de* **Areia e espuma** – Khalil Gibran
1319.**O profeta** ***seguido de*** **O jardim do profeta** – Khalil Gibran
1320.**Jesus, o Filho do Homem** – Khalil Gibran
1321.**A luta** – Norman Mailer
1322.**Sobre o sofrimento do mundo e outros ensaios** – Schopenhauer
1323.**Epidemiologia** – Rodolfo Sacacci
1324.**Japão moderno** – Christopher Goto-Jones
1325.**A arte da meditação** – Matthieu Ricard
1326.**O adversário secreto** – Agatha Christie
1327.**Pollyanna** – Eleanor H. Porter
1328.**Espelhos** – Eduardo Galeano
1329.**A Vênus das peles** – Sacher-Masoch
1330.**O 18 de brumário de Luís Bonaparte** – Karl Marx
1331.**Um jogo para os vivos** – Patricia Highsmith
1332.**A tristeza pode esperar** – J.J. Camargo
1333.**Vinte poemas de amor e uma canção desesperada** – Pablo Neruda
1334.**Judaísmo** – Norman Solomon
1335.**Esquizofrenia** – Christopher Frith & Eve Johnstone
1336.**Seis personagens em busca de um autor** – Luigi Pirandello
1337.**A Fazenda dos Animais** – George Orwell
1338.**1984** – George Orwell
1339.**Ubu Rei** – Alfred Jarry
1340.**Sobre bêbados e bebidas** – Bukowski
1341.**Tempestade para os vivos e para os mortos** – Bukowski
1342.**Complicado** – Natsume Ono
1343.**Sobre o livre-arbítrio** – Schopenhauer
1344.**Uma breve história da literatura** – John Sutherland
1345.**Você fica tão sozinho às vezes que até faz sentido** – Bukowski
1346.**Um apartamento em Paris** – Guillaume Musso
1347.**Receitas fáceis e saborosas** – José Antonio Pinheiro Machado
1348.**Por que engordamos** – Gary Taubes
1349.**A fabulosa história do hospital** – Jean-Noël Fabiani
1350.**Voo noturno** *seguido de* **Terra dos homens** – Antoine de Saint-Exupéry
1351.**Doutor Sax** – Jack Kerouac
1352.**O livro do Tao e da virtude** – Lao-Tsé
1353.**Pista negra** – Antonio Manzini
1354.**A chave de vidro** – Dashiell Hammett
1355.**Martin Eden** – Jack London

IMPRESSÃO:

PALLOTTI
GRÁFICA

Santa Maria RS | Fone: (55) 3220.4500
www.graficapallotti.com.br